现代、传统

与

未来发展

◆ ◆ 关于土耳其与外籍土耳其人的电影之旅 ◆ ◆

沙蕙 著

长江出版传媒 ｜ 崇文书局

前　言

　　中国和土耳其位于古丝绸之路的东西两端，两国因丝绸之路而结成的友好合作关系延续至今。

　　"一带一路"建设能否顺利推进，民心相通是重要的前提之一。对于了解对方国情和民情，电影可以起到非常直观和深入人心的作用。

　　土耳其电影已有一百多年的发展历史，资源相当丰富。土耳其的艺术氛围非常浓厚，不仅传统文化丰富多彩博大精深，当代文学艺术也已经达到了国际水平。土耳其由于地跨欧亚大陆，同时兼具两个大洲的文化性格，形成了与众不同的艺术气质。努里·比格·锡兰和赛米·卡普拉诺格鲁等一大批活跃于土耳其影坛的导演，以其鲜明的艺术特色和极具个性的艺术风格在世界范围内产生了很大的影响，在戛纳、柏林等国际电影节上获得多项大奖，也引起了中国观众的广泛关注。

　　土耳其当代电影很少有高成本大制作的电影，题材一般不会脱离现实，玄幻虚无，其创作者非常注重反映本国的社情民意，历史风俗，以及不少关于土耳其著名城市重要景点的历史现实的内容。即使是小成本制作的电影也不乏对于国家前途命运和社会现实的深刻思考。浏览电影，就如同到一座陌生的城市之后先去参观当地的博物馆，可以在较短时间内阅读它的前世今生，形成一个全面深入的了解，让行走不再是浮光掠影，而更富有文化内涵，走入真正意义上的"诗和远方"。

本书精选了数十部与土耳其相关最具代表性的经典电影，对它们做了解读。本书以文学随笔的语言，为读者了解土耳其提供了一幅深入浅出、通俗易懂的艺术导览图。现代、传统与未来发展，是这些电影富于启示意义、引发人们思考的主题。

目　录

引　言

伊斯坦布尔的幸福：最美的风景
在博斯普鲁斯大桥上

帕慕克的伊斯坦布尔："既不纯
粹是欧洲的，也不纯粹是传统的。"

土耳其作家帕慕克坦言："我是伊斯坦布尔塑造的。"正如他在《伊斯坦布尔：一座城市的记忆》中所写的："伊斯坦布尔的命运就是我的命运；我依附于这个城市，只因她造就了今天的我。"

每一个来到伊斯坦布尔的人，无论他曾经来过多少次，都会迫不及待地在第一时间登上穿越海峡的渡轮。坐在渡轮上看两岸的风光，仰望连接欧亚两个大陆的大桥是每个人心中魂牵梦绕的念想。正如帕慕克所说："欣赏伊斯坦布尔美景的最佳地点，既不在西岸，也不在东岸，而是在连接东西岸的博斯普鲁斯大桥上。"这也有点儿"你在桥上看风景，看风景的人在桥下看你"的意思。对于这位土生土长的土耳其作家来说，桥上风景的迷人之处在于它给人一段遥遥相望的距离。大桥连接东西方，连接欧洲和亚洲，却又不属于任何大陆。正是这样的距离使得人在桥上可以将远方的风景看得更加清晰。

距离产生的美感给了作家创作的灵感，也为他提供了专属的角度。尽管帕慕克多次强调自己的创作动力来自于写作美丽的小说而不是为土耳其代言，他仍然被视为土耳其最具代表性的作家。对此，帕慕克的理解是："我的土耳其性多多少少就意味着我既不纯粹是欧洲的，也不纯粹是传统的，而是两者的结合，这就需要与这两个源头都保持距离。"

事实上，从始至终贯穿帕慕克所有小说中的，是东方与西方的交会。这里的东方和西方，既是文化的概念，也是想象的产物。在小说《新人生》的中文版序言中他明确指出："东方与西方蕴含深邃而独特的传统，决定了人们的智慧思想、感知能力及生活方式。对我的家庭和我而言，置身于伊斯坦布尔中心，这些传统从来都不是单纯的，总是混杂的。东方与西方的交会，并非如人们以为的是通过战争，相反，一直以来，它都发生在日常生活的种种细节中，通过物品、故事、艺术、人的热情与梦想进行。我喜欢描述人们生活中此种互动的痕迹。在当中，我看

见东方与西方寻求相互了解、互相争战，或是彼此融合妥协；我
看见人们的灵魂在这两种传统的影响下受到撼动或改变。这
让我深受感动，就如同沉醉于爱情的初始，凝望着自然美景，或
是浸淫于历史的美好点滴。"

　　从某种意义上说，博斯普鲁斯海峡大桥从此岸到彼岸的距
离，也象征了土耳其从传统向现代，从东方向西方迈进，不断追
寻梦想的心路历程。

　　在帕慕克到访中国所做的演讲中，他细致入微地介绍了土
耳其的现代化进程以及自己的创作与古老国家追梦历程之间的
必然联系。不同于西方艺术家浮光掠影的风格和猎奇心理，他
的小说以对故乡一往情深的笔调深刻剖析了国家发展历程中走
过的道路及付出的代价，让读者了解了繁华背后的满目疮痍，古
老城市灵魂深处的伤痛以及伊斯坦布尔人内心的希望和忧伤。

李凡纳利的伊斯坦布尔："我想给这城市画一幅真实的肖像，它是一个伤痕累累的巨人。"

土耳其作家李凡纳利创作的小说《伊斯坦布尔的幸福》于

2002 年在土耳其出版，之后长时间高居土耳其畅销书榜首，并被译成近三十国文字，全球再版五十多次。由作者本人担任编剧改编的同名电影在 2007 年土耳其安塔利亚金橙电影节上获得九项大奖。2010 年中文版《伊斯坦布尔的幸福》在中国发行，同年李凡纳利到访中国。

和帕慕克以及众多土耳其作家一样，李凡纳利毫不掩饰对于这个曾经辉煌的帝国古都的自豪和珍视。他说："伊斯坦布尔是全世界最迷人的地方，一个多元文化混杂的国际大都会，充满了活力；遗憾的是，几百年前，它更辉煌，如今我们已经失去了很多东西，当然现在有重获关注的趋势，几乎所有人都在谈论伊斯坦布尔。"

不过李凡纳利和帕慕克的创作风格完全不同，他将原因归结为两人的生活经历不同。按照李凡纳利的说法，"帕慕克先生来自富有的家庭，写的文章里可能会描写富有家庭的故事。我曾经有过流亡生涯，有从事过很多不同行业的经历，所以两个人描写作品的风格是不同的"。在他看来，帕慕克笔下的伊斯坦布尔宁静、温情脉脉，"他住在伊斯坦布尔市中心很小的一片区域内，就是他在《纯真博物馆》中写到的尼尚塔什，那里比较繁华、小资，他的生活也接近这样的状态"。但是他眼里的伊斯坦布尔却是一座世界上最疯狂的城市，"如果你从尼尚塔什那一带再往前走几十公里，就会看到那些来自安纳托利亚的移民，大多很穷，住着违章搭建的房子。除了辉煌的宫殿、自然的风景、中心区富裕的生活，这座城市还有它贫穷、边缘、阴暗、不为人知的一面。我想给这座城市画一幅真实的肖像，它是一个伤痕累累的巨人"。他讲述了伊斯坦布尔新移民——社会底层的故事。

客观地来看，写作《伊斯坦布尔的幸福》的李凡纳利要比生长在伊斯坦布尔的帕慕克显得更直截了当，也更有野心。透过帕慕克的小说你能真切感受到作者真挚深厚、激情四溢的情感表达，他将自己对家乡的全部自豪与依恋都倾注在了创作中，他对伊斯坦布尔的这种矢志不渝的热爱有着极强的感染力和冲击力。这使得他的作品具有非常丰富的抒情性和叙事性，是那种将文学和音乐合二为一的审美感受。如同伊斯坦布尔大巴扎里游荡的吉普赛女人自带一种神秘的魔力，读者会在不知不觉中深陷其中，全身心投入到他所创造或者是复原的那个特定的时空中，感受着伊斯坦布尔的悲欢离合、跌宕起伏。

和这些小说相比，《伊斯坦布尔的幸福》简直就不像小说，即使改编成了电影也是如此。大段大段的心理描写，几乎没有故事情节，人物命运三言两语就能带过。三个主要人物连同路人甲乙丙丁全都是带着任务来的，每个人背后都站着一个阶层、一个群体，每个人都是作为代表来这儿发表意见表达观点的。其中，教授的任务最重，内心戏也最多，层层叠叠，百转千回。一方面他作为引领时代的知识精英对现实具有强烈的批判性，另一方面他被时代洪流裹挟，自身的矛盾冲突又使他有着深刻的自省意识。他不仅代表了知识精英阶层，同时他也是作者李凡纳利的代言人。

土耳其幅员辽阔，地理位置十分特殊，一直以来我们更关注的是，它是连接东西方的重要枢纽，它兼具了东方和西方的特点，就像伊斯坦布尔人习惯提出"你是在欧洲区还是在亚洲区"这样的奇葩问题。与此同时在他们的国家内部，还存在着东部和西部的天壤之别。

李凡纳利就曾经说过："从东部过来的人，会发现土耳其是从西边开始的；从西边而来的人，又会觉得土耳其从东方开始。越往东部走，你会发现他们的文化、思想和生活习惯越传统；但如果你往西部走，尤其往海边走，你会发现他们的文化、生活习惯、想法都更开放。文化太多，区域、生活的差别令人目眩。"

正因为如此，他评价帕慕克笔下的伊斯坦布尔倾向于宁静，而他笔下的伊斯坦布尔"能令人发狂"。他不像帕慕克那样对自己生长的城市伊斯坦布尔怀有刻骨铭心的情感，在描述这座城市的时候，他也没有像帕慕克那样有一唱三叹、绵绵不绝的忧伤心绪。就如同《伊斯坦布尔的幸福》中所有出场的人物都是和作者本人一样，没有一个是土生土长的伊斯坦布尔人，都是各怀心事从外部涌入这座城市的异乡人。伊斯坦布尔不是李凡纳利和他们的家，甚至只是他们人生旅途中的中转站。

　　跟随作品主人公的脚步，我们的视野也变得越发开阔，对于土耳其的了解也逐渐深入。东部和西部，内陆和沿海，城市和乡村，贫穷和富有，传统和现代，东方和西方，就像法国《世界报》的评论所说："我们以为土耳其与法国等欧盟国家的差距是非常大的，但是通过这本小说，我们发现土耳其国家内部的差别也很大。"

　　李凡纳利在谈到自己的创作所产生的影响时说："欧洲的一些国家，特别是法国和德国，一度对土耳其人有刻板印象。实际上土耳其社会是非常复杂的，具有多层级的社会结构。所以我们通过这部小说，来表达土耳其是一个多层次、复杂的社会。"

　　这实际上也是李凡纳利坚持要把自己的伊斯坦布尔和帕慕克的伊斯坦布尔区别开来的原因。生长在伊斯坦布尔富有的大家族里的帕慕克，除了到美国进修访学的两年时间外，基本上都是在自己出生的环境中生活。李凡纳利的阅历要丰富许多，同为作家，他相信自己的活动圈子更大，关注的人更多，了解的社会阶层更广泛，因此，他一再强调："我认识这座国际化大都市的不同面孔，我的伊斯坦布尔更大。"

李凡纳利说："托尔斯泰晚年写过一本《艺术论》，提出艺术必须帮助人们生存和抗争。人生充满苦楚和灾难，每个人都知道自己会死，失去所爱的人……我从不认为艺术是种游戏，它的功能是为人们找到希望。"毫无疑问，《伊斯坦布尔的幸福》就帮少女玛丽和教授伊凡找到了希望，即使是那些还没有找到希望的人，就像玛丽在旅途中遇到的形形色色的人，作品也表现了他们的生存和抗争，带给读者一种希望。

从这个意义上来看，土耳其和外籍土耳其人，的确是研究全球化文明交往中非常耐人寻味的独特案例。

一

土耳其制造,还是德国制造:
我的家在安纳托利亚

《阿曼尼亚:欢迎来到德国》:
第一百万零一个移民的故事

1

电影《阿曼尼亚:欢迎来到德国》像是一部纪录片。怀抱着真诚的决心——决心相当大,因此视野也变得异乎寻常的开阔。

女导演雅瑟敏·萨姆德雷利将自己的人生经历改编成一部电影,讲述移民家族的变迁史。其中讲述的不仅仅是一个家庭,一个群体,而是以这个家庭、这个群体中的每一个人的人生际遇为视角,记录下土耳其和德国这两个国家之间的非常重要且至今依然发挥着巨大影响力的一段历史。

这个命题原本浩大而庄严，具体而言充满艰辛和波折，但是女导演的细腻从容，对家族史的追根究底，以及她的血统中自带的土耳其人自由洒脱的性格，使得整部电影散发出清新自然、温暖迷人的气质。

如此的跌宕起伏，却又如此的波澜不惊。

你看到的明明是土耳其的第一代移民如何不畏艰险地踏上了前途未卜的异国之旅，他们的第二代、第三代家庭成员在他乡生活的矛盾纠结、不知所措，但是观影体验总的来说却是轻松愉快的。

你所感受到的只是家庭成员之间的信任和爱，他们的善良、乐观、开朗、豁达，以及动荡生活酝酿的人生智慧。这其实也在无意中回答了观众关于"这些移民是如何冲破两个文明之间的冲突，为自己在异国他乡赢得一席之地"这样的问题。

乍一看，这只是一部平铺直叙、中规中矩的故事片，细细品味之后会发现，它如同我们在土耳其乡村中随处可以发现的手工挂毯一般图案绚烂、技艺精湛的艺术品，其中凝结着他们的独具匠心和天赋异禀的审美与洞察力。然而并不炫技，时时处处闪现的幽默感如同土耳其吉祥物蓝眼睛那样的古灵精怪，让人对他们的历史更加充满好奇。你会不知不觉地跟随他们的脚步,踏上这一段漫长的旅途。

2

影片是以第一人称来讲故事的,让观众第一时间融入一个土耳其移民家庭。

"我"是第一代移民的外孙女,"我"出生在德国。

"我"给观众带来的,是关于"我"的外公和他怎么把自己的家庭从土耳其搬到了德国,并在那里生根发芽、开花结果,又不断地发展壮大,最终自己又是如何落叶归根的故事。

故事都要话说从头。

黑白老照片和黑白纪录片带来一段难忘的历史。

穿西装打领带戴着小礼帽拉着文明棍儿的五个德国男人在小合唱:"小汽车,大工业……一起加入这经济大飞跃吧,跟我们一起来唱歌吧,看他们已经在那里等你们呢!"像是在发出骄傲的召唤。

歌声中滑出当年的纪录片,黑白影像重现了德国经济蒸蒸日上的繁荣场面,女人们在商场里争先恐后地挑选布料,男人们在擦洗一排排的小汽车,封面上印着目光呆滞的外国劳工的画报,还有一个个精壮汉子正在被扒光衣服,身上画上标记。配合画面的依然是日常轻松的音乐,画外音娓娓道来:

"从20世纪50年代开始,一场风暴席卷而来,大量劳工从南欧抵达德国。经过德国医生的严格体检,他们被按照身体素质的好坏分配到不同的工种当中,……只有身体健康的人,才能获得进入德国的许可。"

一个看起来像是德国官员的人在接受电视记者的采访:"您了解我们目前德国工人短缺,急需大量的劳动力,西班牙和意大利的技术人才不敷使用,所以我们转而依靠土耳其移民。"

随之而来的黑白纪录片中一列火车呼啸而至,每个车厢里都探出头来,全部都是青壮年,看上去满怀希望、摩拳擦掌,一副准备大干一场的架势。

火车到站,劳工们纷纷下车,我们的主人公——"我"的外公也在其中,他被导演剪入了纪录片当中,成为历史的一部分。和其他人一样,外公孤身一人,脸上写满了既懵懂又兴奋的表情。

"1964年9月10日,是德国外劳历史翻开新篇章的一天。"

"这历史性的一天记录了我们的外劳进入了新阶段。新到达的劳工将会成为见证我们历史的代表。"

此时外公正排在长长的队伍中等待入境，一个戴着棕色礼帽身穿黑色夹克的男人不小心碰到了他，"你先请。""没关系，你先请。"两人相互友好地推让了半天，最终礼帽男排到了面带微笑的外公前头。当他入关时，几个官员会心地相视一笑，仿佛即将揭开什么天大的秘密一般。

"就是他！"

礼帽男刚一出关，立刻就有高大威猛的德国官员迎上前来："恭喜你成为第一百万名外来劳工，欢迎来到德国！"

历史性的一刻就这样猝不及防地到来了。

闪光灯骤然亮起，如同夜空中绚烂的礼花。

守候已久的众媒体都在等待他。人群簇拥着他，各种问题蜂拥而至："你喜欢德国吗？""您听得懂德文吗？""您从哪里来？是哪个国家的人？"

礼帽男就这样一脸茫然地被命运选中，从此载入史册。

一边是这位幸运儿阿曼多·罗德里格斯接受隆重热烈的欢迎仪式，以及一辆作为奖品的摩托车，"他和他的同伴们还没有意识到他们已经成为德国社会福利体系中的一份子了。"

另外的一边，是"我"的外公不小心与历史的转折点擦肩而过，这让他无可奈何地摇了摇头，心中的失落溢于言表。

影片当中别具匠心地设计了这样一个耐人寻味的对比，一个纯属偶然的巧合，其实也正式宣告了电影的女导演决心为自己家族书写传记，同时也试图为家族参与的那段历史书写教科书一般的开始。

"第一百万个移民是阿曼多·罗德里格斯，但这里要讲的，是第一百万零一个移民的故事。"

"他就是我的外公侯赛因·伊尔马斯，我外公就是这样踏上了德国的光明之旅。"

3

电影中这个精巧的设计将外公侯赛因顺利送入历史通道，带领我们穿越到他所经历的那段有着非常重要的历史意义的时空当中。

百万移民这件事并不是导演的艺术创作，不是凭空杜撰的而是真实的历史事件。当时的新闻报道里就有这样的记录：

"1964 年，第一百万名外国劳工——阿曼多·罗德里格斯，一个葡萄牙人抵达了德国，受到了公众的热烈欢迎。"

尽管引入了大量外籍劳工，也经历过多次移民浪潮，德国一直强调自身的民族性格和文化特点,坚持自己不是一个移民国家。1981 年联邦德国总理赫尔穆特·施密特(社民党)多次表达了"德意志联邦共和国不应该且将来也不会为一个移民国家"这样的观点,继任的科尔政府(基民盟)也反复强调,德国不希望成为一个移民国家。

跨入 21 世纪之后,德国政府开始直面现实,承认德国已是一个多元并存的移民国家。德国《世界报》曾报道,德国人口中具有移民背景的比例高达 22.59%,也就是说,德国每五个人中至少有一人具有移民背景,其中最大的移民群体就是土耳其人。

土耳其的劳工进入德国(准确地说是联邦德国即西德)始于两国政府于 1963 年签署的《安卡拉协议》。该协定签订后不久,西德政府就在土耳其的主要城市建立了劳工招募办公室,负责接洽需要半熟练和非熟练劳工的西德雇主。

二战刚结束时,德国社会经济衰退。特别是在 20 世纪四五十年代大批德国士兵和战俘陆续被遣返回家,住房紧缺和高失业率使德国的经济问题十分严峻。但随后不久,在美国的欧洲复兴计划资助下,当时的联邦德国的经济重建取得了巨大成功。到 1952 年,混乱局面基本结束,经济发展开始进入快车道,以每年超过 10%的经济增长率造就了联邦德国的"经济奇迹"。

随之而来的是劳动力的巨大缺口。为了解决这个问题，联邦德国政府最开始是在 1955 年跟意大利签订了劳工引进协议，20 世纪 60 年代以后，又先后跟西班牙、希腊、葡萄牙、土耳其、摩洛哥、突尼斯和南斯拉夫等国签订了劳工引进协议。到 1973 年，土耳其人已经成为了德国境内最大的外国人群体，约占 23%。1987 年，这一比例高达 34.3%。

1971 年，当时的联邦德国总理维利·勃兰特在一次讲话中郑重其事地表示："无论从哪一方面讲，都是外国工人在帮助我们得到每天的面包，我们每个人对此应该牢记在心。尽管外国工人到德国是因为他们在家乡过得不如意，但是德国迫切需要他们。可以说，我们需要他们，更甚于他们需要我们。否则的话，他们是不会来德国的。"

这一观点在电影中也巧妙给予了生动展现。

影片是以第三代移民"我"为同样生在德国长在德国的第三代移民、小表弟金特讲述家族故事作为叙述的主要线索。如果说导演决心要通过一部影片书写土耳其移民的历史教科书的话，那么姐弟间的对话就像是老师讲解课文的注释。

金特好奇地问姐姐："如果爷爷奶奶是土耳其人，那我们为什么要住在德国？"

　　"我"不容置疑地回答："因为德国邀请我们来的呀！"

　　金特感到意外："邀请？"

　　"不单单是爷爷奶奶，还有很多其他土耳其人。还有斯拉夫人，很多意大利人，都被邀请来德国了。"

　　"真的？！"金特此时开始畅想了，一个山坡上，几个土耳其人正在悠然自得地喝茶打牌，其乐融融，忽然不知道从什么地方传来了大喇叭广播的声响，整个山谷间都回荡着喇叭声："亲爱的全世界公民们，这里是德意志联邦共和国的召唤。我们正在寻求劳动力，如果你足够年轻，足够强壮，工作勤奋，吃苦耐劳，请立即联系你们附近的警局。"在广播的同时，画面晃过了伊斯坦布尔，那不勒斯和北极地区人们的身影和脸庞。

4

　　事实上，土耳其政府也非常重视对德劳务输出，将其称为土耳其"人口计划"的目的，就是要通过输出剩余劳动力来降低国内失业率，增加外汇储备，并通过在德国的培训，提高农村人口的技术水平，培养国内亟需的工业劳动力。在各方合力作用下，土耳其人逐渐成为德国劳动大军的一支主力。

作为电影形式的历史教科书中的典型案例，"我"的外公侯赛因·伊尔马斯从土耳其到德国的故事当然远比起起落落的劳工数字更深入人心，他们的喜怒哀乐，他们的悲欢离合，更容易让人身临其境，感同身受。跌宕起伏的人物命运永远是最牵动人心的。那个当年看上去老实巴交、善良憨厚的土耳其小伙儿，到底是如何加入外出打工的队伍，成为那个第一百万零一的呢？

在一次全家一起回土耳其的旅途中，"我"给小表弟讲了外公的故事，从外公如何追到了同村的外婆，到两人建立了幸福的小家，很快有了三个欢蹦乱跳的孩子。为了养活五口之家，侯赛因拼命工作，但他挣的钱还是不够。

黄昏的土耳其茶馆里，累了一天的侯赛因喝茶的时候无意中听见隔壁桌子的两个人在聊天，其中一个举着报纸念道："德国将会继续邀请外来劳工……"另一个附和道："我的表弟在那边这样工作很长时间了，他每个月都会往家里寄成捆的钱。"

正为生计发愁的侯赛因一听就来了兴致，跑去向素不相识的邻桌打听德国的情况。

对方煞有介事地告诉他，只要省一年的钱就可以买下一辆出租车。

夜晚的山坡上，年轻的外公俯瞰着漫山遍野的如天上星星一般的灯光，做出了艰难的决定……

外公告别了三个年幼的孩子，外婆抱着最小的孩子哭了。他擦干外婆的眼泪，脉脉含情地把手绢留给外婆当成信物，转身上车。车开动了，年轻男人向家乡和亲人挥手告别，从此天各一方，不知何时才能再见。乡亲们朝他们离开的方向洒水祝福。

就这样侯赛因跟他的同伴一样背井离乡，踏上了前途未卜的旅途。

看时光流转，感受清风

你也有忧伤，孩子

不要哭泣

因为玫瑰终究会开放

陌生的土地啊，陌生的街道，陌生的灯光

为了寻找那一丝丝的幸福

陌生的城市啊，陌生的人们，陌生的脸孔

但是幸福终究会来临

　　歌声中快速闪过黑白纪录片里当年外籍劳工卖苦力的各种场景，却并没有渲染如何的环境艰苦、苦大仇深。外公的脸上依然挂着给点儿阳光就灿烂的笑容，第一次领到工资的那种笑容灿烂到让人心疼，这会儿一定是这个为养家糊口被迫背井离乡的汉子最幸福的时刻了。

　　他像个淘气的小男孩，把一把钞票从左手转移到右手，又从右手转移到左手，该怎么分配其实从一开始就心里有数了。最多的留给老家的妻儿老小，他伸手递出去，邮局柜台外出现了领着三个孩子来取钱的外婆的笑容，一切都仿佛皆大欢喜，所有的辛苦都被一笔带过。

　　只有一秒钟的镜头可以让人感受到外公内心的波动：天寒地冻修马路时，偶然看见身旁经过衣冠楚楚的德国家庭，妈妈爸爸领着孩子，满满的都是温馨的爱。真心羡慕吧，而他只能回到家看上铺床板上贴的自己家照片……这一秒钟令人回味无穷。

　　终于盼到了回家的那天，他夹着礼物，带着篮球，还有一个行李箱，小裤子笔挺，算是衣锦还乡了。

　　门口的三个孩子看见了他。

　　大儿子费利兴冲冲地迎了上去。

二儿子和小女儿在后头打量他,他们已经不认识爸爸了。

团聚的欢乐很快就被打破了。

"你们儿子逃了整整 21 天的课。"费利的学校里,老师愤怒地告状,"看来你们的家没有人管教小孩。"

好脾气的侯赛因这回可真怒了,他恨恨地扔下一句话:"我要把你们全都带到德国去,让你们学会什么叫规矩,德国人最讲规矩了,看你们到那儿还敢逃学!"

孩子们问妈妈:"真的要把我们带去吗?"妈妈不以为意地说:"不可能的,他说着玩儿的。"

然而,过了两天爸爸得意地回家,他已经干脆利落地把所有手续全都办好了。

"您的家庭重聚申请已经被批准了。"儿子给妈妈念纸上的德文。

5

1966 年,一位联邦德国官员跟一批正要离开伊斯坦布尔去科隆工作的土耳其人谈话,他预言道:"你们中的许多人将在德国建立自己的全新生活,扎下自己的根。今后,你们将以访客的身份回到你们的故土。"

那个时候，无论哪一方都没把这话当真。

像"我"的外公侯赛因·伊尔马斯一样，早期的土耳其劳工移民大多来自经济落后、传统意识浓厚的农村地区，前往的都是德国工业发达的大城市。他们当中以年轻男性为主，没有受过什么技术培训，一般都是作为非熟练工人就职于制造业或建筑业中技术含量较低的工种。他们大多居住在雇主安排的临时工棚、廉价旅馆，环境相对封闭，除了雇主外，同当地的德国人几乎没有交往和联系。大多数德国人认为他们迟早是要回去的，没有给予过多关注，把他们称作"客籍劳工"。

这一阶段联邦德国的劳工移民政策是建立在"轮换制"基础上的。1965 年颁布的《外国人法》明确规定，外国劳工或者客籍劳工应在规定的期限内在该国就业。土耳其劳工的工作和居住许可证有效期通常是一年。

光阴荏苒，客籍劳工的概念慢慢变化。事实证明"轮换制"是失败的，德国的雇主并不愿意浪费时间和金钱来频繁培训新员工。于是规定放宽了，客籍劳工不需要轮换了，他们被允许留下来。

德国人当初想当然地认为外籍劳工不过是来淘金的匆匆

过客,轻轻地来,轻轻地走,不需要带走一片云彩。然而事到如
今他们才恍然大悟,那些他们邀请来给他们干活的客人突然之
间拉帮结伙,安营扎寨,变成了真正的定居者,变成了他们永远
的邻居,并且还要求拥有和他们一样更广泛的权利:住房、教育、
福利和宗教。正如 Ghalem Totalkhyh 所说:"他们不再是符号化
的劳动大军,而是真实的人,有自己的信仰和文化。"

电影里的那句台词堪称经典:我们追寻的是劳动力,但引
进的是人。

6

"你的父亲来自哪个美丽的国家?"教室里,老师问。

"安纳托利亚。"小学生金特回答。他已经是这个家庭的第
三代移民了。

"那是意大利吧?"另一个学生插嘴道。

老师纠正他:"安纳托利亚在土耳其。"

这是发生在影片一开始的一个场景。

老师正在通过了解来自不同国家的孩子们的故乡教授地
理知识。她手里拿着一个小旗子,带着学生们找到各自的家乡,

在地图上相应的位置插上小旗子。到了金特这儿,老师看着地图打量了半天,面露难色:"不好意思,我这里挂的是欧洲地图。所以这儿只能画到伊斯坦布尔,不过我们可以把金特的小旗子放在这里。"

老师说着话把小旗子放到了挂地图的白板上。金特感到很伤心,因为那块白板上只有他自己的小旗子孤零零地摆在那儿,别提有多难看了!

他噘着小嘴儿低下了头,老师并没有在意,接着下来又提问金特同桌的一个学生:"那么,你来自哪里呢?"

只见那个孩子回头看了一眼金特,然后小脸儿上露出得意的表情,大声地回答道:"伊斯坦布尔!"

老师应声儿就把小红旗放在了地图下方那个挺显眼的位置。地图上现在已经插满了各式各样的小旗子。

"好。现在我们所有人都找到自己的位置了。"老师环顾着教室心满意足地说道。

然而此时金特看着那个白板上自己的孤零零的小旗子,心情异常沮丧。

下课了,学校操场上,男生们在踢足球。

他们开始分拨了:"快点儿快点儿,咱们分成两队——土耳其队和德国队。"

小金特自然而然地站在了土耳其的队伍里。

可是没有想到一个身强力壮的男孩上来一把将金特推进了对面的德国队里:"我把他送给你们了!他看起来像个德国人。而且他连土耳其话也不会说,他啥都不会!"

金特终于忍无可忍,从上课开始积蓄的郁闷全都发泄了出来,他拼尽全力扑向了土耳其男孩……

他回到家,正赶上外公侯赛因召集家族聚会。外婆得意地宣布,他们终于拿到了德国身份。金特这回也烦了,推开玩具站起来面对一大屋子的家人问道:"我们到底是哪边儿的?德国,还是土耳其?"

他的父母脱口而出,一个回答德国,一个回答土耳其。

身为德国人的妈妈解释说:"你看,我们刚刚拿到德国身份了。"

外公不爱听了:"一张纸说明不了问题。我们一直是土耳其人,你也是。"他十分笃定地对金特说。

"我"站出来发言,试图给大人们打圆场:"人们都可以拥有双重国籍,你现在就是这样。"

但是金特对这个答案很不满意:"那可不行!你只能加入

一个足球队——要么是德国队，要么是土耳其队。"

《阿曼尼亚》的电影设计了两个平行的时空。电影的正在进行时是"我"的外公侯赛因带领全家从德国回到土耳其完成一次返乡之旅。与此同时，"我"在回土耳其的路上给小表弟金特讲述的家族史是倒叙，讲的是"我们怎么来的，我们为什么会来"，在倒叙中创造了一个逝去的时空。目的是想要给表弟金特讲清楚整个移民家族的来龙去脉，解决他在现实中不断遭遇的身份困惑和由此带来的焦虑。

这个任务其实"我"也是完成不了的，因为身为第三代移民，虽然"我"并没有遭遇过小表弟那样的困惑，但是"我"和他一样，也只是家族历史的参与者，而且和第二代移民——"我"的妈妈、叔叔、伯伯们一样，都是被动地来到德国的。只有第一代移民侯赛因——"我"的外公，才是那段历史的创造者之一。因此，电影里其实是有两个主人公的——第一代移民的代表侯赛因和第三代移民的代表金特。

金特所面临的问题是现实问题，是包括导演在内的每一个移民后代时时刻刻都会遇到的问题，这些问题虽然不像之前的第一代移民遇到的那些看得见说得清的困难，比如语言上的、经济上的、住房待遇、法律保障诸如此类的问题。即便不是来自移民家庭的人也能够想象到的一些状况，无非就是这些吧。第三代移民的问题大多数只有他们自己感受得到，这些问题暗流涌动，不易察觉，但是日积月累依然会给人的生活和成长造成巨大压力甚至是极大的伤害。

更令人难以忍受的是，这种局面并不是他自己造成的，换句话说，这些现实问题恰恰又是历史形成的。正因为如此，金特的问题只有侯赛因才能解决，解铃还须系铃人，在侯赛因那儿这就都是过去完成时。

这个移民家庭的最后一次回乡之旅意义重大，每个人都找到了方向重新起航。

第一代移民侯赛因不仅达成所愿，落叶归根，而且还是在全体家庭成员的陪伴下完成的。

第二代移民——侯赛因的二儿子，从小就因为十字架的阴影无法真正融入德国社会，以至于人到中年不仅失业而且还是个孤家寡人。旅行结束后，他自己决定留在土耳其，重建家园成为他后半生的目标和归宿。

至于第三代移民，小表弟金特的回乡之旅也是他的成长之旅。不仅听着"我"声情并茂地讲完了全部的家族史，在旅途当中他还结交了土耳其当地的小伙伴。当然，还有爷爷侯赛因的言传身教，一家人很久没见过侯赛因像回到土耳其那样兴高采烈了，这一路他教会了小金特很多，甚至包括如何看待生死。

金特成长之旅的最后一课是爷爷在旅途中猝然离世。全家人陷入悲痛，金特有点儿不知所措，他的父亲阿里跟他有一段对话。

"死亡并不是什么坏事，是正常现象。出生，长大，生活，然后到某个时刻他们就离开了。"

"会去哪里？"

"还记得我们曾经说到过的水吗？它会改变自身的性质跟形状，在通常的温度下水是液体，如果空气变冷它就变成冰了，如果去煮它就会变成气体蒸发到空气中。不管水看起来是什么状态，不管它变成什么，它总是存在的。听懂我的意思了吗？"

"嗯，爷爷他蒸发了。"

旅行结束后，金特成长为一个见多识广的孩子了，他跟着大人跨越了两个大洲，见识了跟自己生长的国家完全不一样的另一个祖国，如今他要重新出发，这个起点是目睹爷爷在他面前去世，仿佛见证了一个时代的结束。小小的他，即将开启一个新的时代。

影片从家庭日记升级为历史教科书还需要一个戏剧性的

情节。影片的创作目的从一开始就交代清楚了，安排"我"的外公侯赛因选择 1964 年 9 月 10 日这个历史节点进入德国，而且跟那位载入史册的葡萄牙人同一列火车到达，就是要明确告诉观众"我"的外公是这段历史的参与者，或者说，他就是历史的一部分。

在他们出发去土耳其之前，外公收到了来自总理默克尔的邀请，总理邀请他作为劳工移民代表在纪念土耳其第一代移民来到德国的仪式上发表演讲。然而仪式如期举行，侯赛因已经落叶归根死在了自己的家乡。人们迎来了一位特殊的演讲者，他正是第三代移民小金特。

"我叫金特，侯赛因·伊尔梅斯是我的爷爷，他不久之前刚刚去世，但我知道他想要说的是什么，因为我们是一起准备的——

尊敬的总理阁下，亲爱的市民们：我是第一百万零一名从外国来到德国务工的工作者。很高兴今天能在这里讲话。我已经在德国生活了四十五年，有很多愉快，也有不少失落，不过现在我很高兴……"

音乐声起。全家人都在台下骄傲地注视着他。万众瞩目中，男孩仿佛真的是爷爷转世一般镇定从容。闪光灯集中向他，如同侯赛因当初抵达德国的场面。而"我"，看见死去的外公默默站在大厅角落里看着小金特的演讲,散场时还不忘调皮地向我眨眨眼睛。之后迅速地消失在人群中。

画外音响起,"我"为观众读一首诗:

> 一位智者给出我们到底是谁的答案
> 我们就是一切在我们眼前出现的
> 一切自己亲手造成的
> 一切自己遭受的
> 我们就是影响过我们的每个人或每一样的事物
> 或者是被我们所影响的,我们代表了逝去的一切
> 有些再也不会出现
> 我们追寻的是劳动力,但引进的是人

7

教室里,老师正在讲解语法,金特突然举手,他交给老师一张土耳其地图,一张完整的地图。老师停下来把地图贴在墙上:"这里是伊斯坦布尔,这里是安纳托利亚。"金特亲自把小红旗插上,非常得意。

"瞧,土耳其是一个很大的国家。"老师手指地图向大家介绍。

这时,影片开头金特那个自称来自伊斯坦布尔的同桌也举起手来:"老师,其实我的家来自奥瓦奇特,也在安纳托利亚。"

两个小男孩相视一笑。

"那么,我把你的小红旗也给放过去了。"老师说。

此时你再一次感叹电影的节奏和温度。那种只有步调均匀、充满张力的电影才能给予的独一无二的体验,令人回味无穷。一旦入戏了,你就会情不自禁地对小金特的未来命运忧心忡忡。即使是经历过生死也初步了解了自己的两个祖国之后,并不意味着从此小金特就可以从容自如地面对所有的身份焦虑和尴尬。这已经注定成为他摆脱不掉的命运了,相伴终生的命运。

唯一让你感到放心的是,从此以后他至少能和心里的两个祖国和平相处了。他知道应该把德国安排在什么位置,土耳其在什么位置。当他能够合理安排的时候,他就不再为"是德国队还是土耳其队"感到焦虑了。至少他有能力"悦纳"他的双重国籍的身份——欣然接受。退一万步说,就算那种身份焦虑还会时常纠缠他,他也不会像影片开始时那样孩子气地打架了。

就像影片开头的画外音,"我"在讲解家族照片时所说的:

"我常常想象人生的另一种可能，如果我在土耳其出生而不是德国……但多亏了经济奇迹，让我竟然是德国制造。"

《我的土耳其婚礼》：从傲慢与偏见到理解与融合

1

从题目就能看出《我的土耳其婚礼》和《欢迎来到德国》是如此匹配，相互呼应。同样是讲在德国的土耳其移民问题，同样是涉及从第一代到第三代移民的故事，也都触及了文明的冲突和身份的焦虑这样的根本问题或者说问题的症结所在，甚至人物都能在对方电影中找到位置。两部电影一个是从土耳其人的角度去思考，一个是站在德国人的立场上观察，相向而行，殊途同归。

《欢迎来到德国》是向内看的，关注的是每个家庭成员自身的境遇，叙述重点在事件的线索上追根溯源，从过去到未来的历史变迁和愿景，价值在于对移民群体的来龙去脉一目了然。《我的土耳其婚礼》注重的是文化的冲突与交融。德国青年格茨因为爱上土耳其女孩艾琳而努力融入她的土耳其家庭，整个过程也就是德国人和土耳其人从对话到对立再到对话的过程。

相比《欢迎来到德国》，电影《我的土耳其婚礼》充满了戏剧冲突。一言不合就开吵，每场对话都带着日积月累的潜台词，内心戏足足的。电影为格茨追求艾琳设置了重重障碍，这一路走得艰辛无比。

与其说格茨是一个五好青年，不如说他代表了德国社会中一种寻求了解、接纳和融合的努力和愿望。在电影里，格茨遇到的最大难题，并不是来自于追求和艾琳在一起的美好爱情，而是想要实现两个家庭、两个族群之间彼此沟通融合的美好愿望。

相比起这个家庭里的大家长艾琳的父亲——第一代移民苏莱曼大叔，在默默观察之后渐渐接受了格茨的开明态度，作为年轻一代移民的优素福和法蒂玛自始至终都对德国年轻人壁垒森严。在不欢而散的订婚仪式中，一步步激化矛盾的也正是这两口子。

除了想要跟格茨的情敌塔尔肯合伙做生意的利益考虑之外，他们步步为营的态度在年轻的一代移民中其实是有代表性的。即使是格茨深爱的这个受过高等教育的土耳其女孩艾琳，在跟德国人结婚还是跟土耳其人结婚这个选择题上，也是迟疑不决的。

影片一开始就说明了故事的发生地——"柏林十字山区36号大街。小伊斯坦布尔，德国人在这里微不足道。"

这是来自格茨的朋友霍斯特的旁白。他们俩的唱片店就在这个柏林的小伊斯坦布尔里头。放眼望去，整个社区好像也只有他们两个德国人。

类似的社区遍布德国全境，包括北莱茵-威斯特法伦州和莱茵-美因地区的传统工业区以及柏林、汉堡、慕尼黑、斯图加特、法兰克福等大城市。如电影中所表现的，在这些社区里，从超市到水果摊，从商店到旅馆，从餐厅到文化中心、学校，形成了文化特色鲜明的聚集区。

在最初的阶段，大多数定居德国的土耳其移民及其家人会定期返乡探亲，很多人会把亲戚朋友也带来德国，他们相互扶持，彼此依靠，逐渐形成以家族和乡亲为轴心的社区。有人统计过，差不多有一半在德国的土耳其移民会和家人亲戚住在一

起，超过三成的人每天都会见面。可以想象这样的社区为移民
提供了心理支撑和物质保障，但同时也有可能加大他们与德国
社会之间的距离。

想当年，第一代移民的环境是如此艰苦，以至于当他们终
于离开雇主提供的廉价旅馆和临时住宅，跟乡亲们一手打造了
自给自足的社区。他们加强了族群内部的团结与互助，宗教和
传统成为维系他们身份认同和文化价值的纽带，传统习俗和宗
教信仰也给了他们异国他乡生存的勇气和自信。

社会学家汉斯-皮特将其称为"文化自卫"，认为这是他们
以文化和宗教为基础，增强自身团结的一种努力。

像苏莱曼大叔一样，很多第一代移民年轻时候并不一定是
笃定的信徒，他们从传统文化和宗教信仰中汲取的是一种生活
哲学和人生智慧，人到老年他们更懂得尊重自己的文化和信仰，
因为宗教也是和他们的故土联系在一起的。

耐人寻味的是，从小在德国这样的西方社会里受教育长大
的第二代移民，就像优素福和法蒂玛这两口子，反而对宗教有
着更强烈的认同。

有分析认为，这是由于第二、三代移民的现实处境造成的。
一方面他们对凭借自己能力提高社会地位满怀期待，另一方面

显示存在的歧视和机会限制常常使得他们被拒于主流社会之外，强烈的失落感让他们不由自主地向传统文化和宗教信仰寻求心理慰藉和精神支撑。

2

德国前总理默克尔曾多次表示，和谐地与土耳其裔德国人共同生活对她来说是件心头大事。她说："在这个问题上我们有点自欺欺人，我们总以为，他们不会留下来，总有一天他们会走的。"如今"他们"不仅没走，而且安营扎寨、开花结果已成定局，双方都得面对现实，也都意识到必须努力跨越族群边界、打破社会藩篱，建立和谐友善的对话沟通关系，增进彼此了解、相互体谅及共同合作。这也是以"貌不惊人"的商业片形式出现的电影《我的土耳其婚礼》拥有众多观众的原因之一。引人入胜之处不仅在于它抓住了德国老百姓心中的一个痛点，而且它立场鲜明地表达了只有通过对话增进了解才有可能实现融合的观点。

电影的尾声部分艾琳的爸爸苏莱曼大叔跟格茨有一场掏心掏肺的谈话，在谈话中苏莱曼大叔言辞恳切地向格茨，同时更是向观众交代了之前阻拦两个年轻人结婚的实际顾虑，不仅是土耳其人和德国人之间的森严壁垒，这种顾虑更多的是来自移民生活的艰难岁月所积累的人生阅历。

　　"在你这年纪我已经有三个孩子了，我在十八岁离开家去了奥斯纳布鲁克，一个人，鞋里有 150 马克，当建筑工人，我在德国修了很多马路。二十三岁时，我已经结婚了，梅丽克真的是一个好女人，也是一个好母亲。"

　　"如果有个好家庭就不必考虑移民，考虑租房子，被老板剥削，签不合理的合同，思考工作，都要想德国人，不然就把你炒掉。可你永远达不到。在家里也是一样，德国男人，土耳其老婆，问题重重，可我不在乎。为什么？因为我相信我的孩子。"

　　相信孩子，就是相信未来。这就是为什么苏莱曼大叔可以不顾土耳其人和德国人之间的森严壁垒，选择跟格茨站到同一条战线，帮助这个德国小伙子在最后一刻把女儿从土耳其青年塔尔肯身边带走。和格茨一样，苏莱曼大叔表达了作者对未来的美好期许。

　　影片中温暖而富有启发性的片断来自于格茨跟艾琳刚刚恋爱时的一次月光下的幽会，像所有初涉爱河的青年男女一样，他们在月光下徜徉、交谈，这时候我们和艾琳一起初次感受到格茨的魅力，这个德国小伙儿并不是像看上去的那样傻乎乎一根筋，他不仅是一个酷爱音乐、感情细腻、感受力丰富的文艺青年，他还善于思考和观察并由此作出自己的判断。他让我们明白一个浅显的道理，很多时候观念的改变只是来自于看问题的角度的变换。

约会时艾琳问格茨："为什么开唱片店？"

"音乐改变世界。"格茨想都没想就回答。

说着话他打开了车内音响，配着德国音乐，他和姑娘并肩而坐，欣赏柏林夜晚的璀璨灯光。

"这是哪里？"他意味深长地提问。

"柏林。"艾琳不假思索地回答。

话音未落，格茨又换了首音乐，这回是土耳其民间音乐。

眼前的景观应声改变。同样的都市夜景，给人的感受却全然不同了。

此时一弯新月挂上天空。

"你不是音乐 DJ，是导游吧！"艾琳感叹道。

是的，土耳其女孩艾琳，就是从那一刻，深深地爱上了这个德国青年。

二

此心归处是吾乡——法提赫·
阿金的电影特色

移民导演：近在咫尺，远在天边

每一个导演都需要一种正确的打开方式。特别是对那些富有个性而且创作力依然旺盛的导演来说尤其如此。进入他们的电影世界就好像进入了一个流光溢彩的迷宫，每一步都需要格外审慎。这是一个小心翼翼地探秘的过程，要避开波涛汹涌、激情澎湃的故事情节，针脚儿绵密的叙事结构，独树一帜的艺术风格，以及那些脍炙人口的经典桥段和传诵一时的经典台词。

法提赫·阿金初出茅庐便在世界舞台上崭露头角，从捧回柏林国际电影节胖乎乎小金熊的《勇往直前》，到获得良好口碑的《在人生的另一边》《在七月》，还有别具一格的音乐纪录片《跨越桥梁——伊斯坦布尔的声音》，几乎每一部电影都和他的母国土耳其有着千丝万缕的联系。人们通过法提赫·阿金的电影走近了土耳其这个国家，也经由他的电影走进了一个与我们距离遥远的陌生族群——土耳其裔德国移民的世界。

事实上，从20世纪60年代开始因为德国的劳工政策而日积月累产生的土耳其移民群体，早就已经成为一个规模极其庞大，但是在政治、经济和文化上没有话语权的弱势群体。

在现实社会中他们被与世隔绝于一个狭小的圈子里，从整体而言他们的文化形象面目模糊，同时又具有十分明确的指向性。

由于一些原因，大多数土耳其第一代移民对此只能保持沉默，这就使得他们的真实境遇和客观现实一方面被遮蔽，另一方面又被严重歪曲。但是到了20世纪90年代中后期这些情况有所改变，有一批为数不少的在德国受教育和成长的土耳其第二、三代移民，开始打破这种无奈的沉默，在银幕上用独具特色的语言风格讲述生活在德国的土耳其老百姓的故事。

这一批土耳其裔德国导演争取话语权的愿望更加强烈，他们需要获得认可，公民身份只是一个外在的法律形式，更深层的需求来自整个社会的认可。既然土耳其裔德国人的存在由于历史的原因成为一种不容忽视的既成事实，那么他们中的个体自然有权利发出自己的声音。

以法提赫·阿金为代表，集合了托马斯·阿斯兰等相当一批电影人，特别是"60后""70后"的电影人集体发声，创作了包括《欢迎来到德国》等在内的有着相似主题的优质电影作品，在德国、土耳其乃至世界影坛形成了引人注目的效果。

德国著名记者、影评家乔治·西斯兰给这些影片打上了"混血儿"的标签。他同时解释说，"混血儿"一词原意为一种从旧文化向新文化流动、变幻的过程，而且主体可以再返回旧文化，同时"混血儿"还意味着两者共存和相互融合。

成长于原生家庭固有的土耳其文化和本土的德国文化之间，第二、三代移民开始强烈地体会到身份不被认同与被同化之间矛盾的撕扯，使用艺术等在流行文化中找到的表现方式来表达这种体验以及由此引发的痛苦，而这"同时也成为某种机会和希望"。

土耳其移民导演托马斯·阿斯兰曾经说过，我们不是心怀好意地要使种种陈规永垂不朽，正如许多展现土耳其裔德国人的德国影片已经呈现的那样，也不是在任何情况下都去避免涉及它，我们只是努力试图"穿越陈规俗套"，达到"一种对于土耳其裔德国人身份的深层探索"。

对此，评论界给了很高的评价，甚至认为这批土耳其裔德国导演的创作中有某种类似当年"新浪潮"的迹象："这些电影创作者不仅因为一种全新的自信和共存于他们之间的一种外来者的电影风格而卓越突出，同时也因为风格和主体上的转变而备受瞩目。""一种全景式的精准达成了。基本来说，在文化冲突中，这种东西经常关系到为个人寻求自我。"

作为其中毫无争议的领军人物，导演法提赫·阿金艺术风格日臻完善，他在创作心态上也更加从容和自信。早期创作中刻意强调移民身份，带有一种自怨自艾的心态，或者是撒娇，或者是诉苦，以期引起观众对于自己作为特殊族群的身份的关注，从而获得话语权的过程已经结束了。

从讲述对象全是土耳其裔德国人故事的《勇往直前》，到土耳其人和德国人命运交织共生的《在人生的另一边》，再到以德国人为叙述主体的《在七月》，法提赫·阿金也完成了从边缘到主流，从群体到个体，从底层到普罗大众的转换。

客观地说，法提赫·阿金的《勇往直前》在柏林获奖，使得土耳其裔德国移民问题成为一个受到世界关注的问题，土耳其裔德国导演也随之受到关注，甚至连带引发了人们对于土耳其本土电影的兴趣。

但另一方面，耐人寻味的是，柏林国际电影节的金熊奖一向青睐其他国家而非德国制造的电影。我们熟知的获奖影片就有中国导演张艺谋的《红高粱》，韩国导演金基德的《撒玛利亚女孩》，土耳其导演塞米·卡普拉诺格鲁的《蜂蜜》，伊朗导演阿斯哈·法哈蒂的《一次别离》和贾法·帕纳西的《出租车》，等等。事实上，在《勇往直前》获奖之前，德国电影人已经有十八年没碰过小金熊了。正因为如此，也许在评委心目中，并没有将其作为德国本土电影看待，而是作为土耳其人的德国电影来看待。

从某种意义上说，《勇往直前》在柏林国际电影节的大获成功，反而证实了电影的主题，印证了影片主人公所代表的法提赫·阿金们的现实处境，他们在这个国家依然没有获得根本性的认可。即便已经突出重围杀进了主流意识形态的场域，夺得了话语权甚至是万众瞩目的一席之地，然而在根深蒂固的集体潜意识中，他们依然是外来的、边缘的、特殊的、弱势的，他们近在咫尺，但他们依然远在天边。

《在七月》:德国版《落叶归根》

人们观看《在七月》,很容易先入为主地落入爱情电影的套路。对于熟悉法提赫·阿金的电影观众来说,会感到耳目一新,因为这是这位导演第一次以德国人作为叙述主体,而不是土耳其裔德国人。

类似于公路片的形式,呈现了德国男青年丹尼跟德国女孩朱莉、土耳其裔德国女孩梅里克之间的三角恋情,故事情节引人入胜。但是随着剧情发展,丹尼对自己的爱情往事叙述结束之后,他在路上邂逅的土耳其男人伊萨再次出现并引导观众进入现实时空,人们才恍然大悟,德国人的恋爱故事只是一个漂亮的外衣,土耳其裔德国移民的身份和处境再次闯入你的视线,直击你的小心脏。中国观众会发出似曾相识的惊叹——原来这是土耳其移民版本的《落叶归根》。

法提赫·阿金在电影里同时铺设了两条叙事线索。德国柏林的中学物理教师丹尼因为一个善良的玩笑踏上了去往伊斯坦布尔的寻爱之旅,旅途中他需要不断应对各种意想不到的突发状况和时不时冒出来的形形色色的不同国家不同性格的临时旅伴，由于这条道路充满了意外的坎坷和惊喜，使得观众的注意力全部集中在这条线索当中。这就够让人眼花缭乱、顾此失彼的了，因此完全忽略了导演在电影中埋伏的另一条线索，这条线索同样清晰明确，同样贯彻始终，这就是土耳其裔德国移民伊萨千里背尸的回乡之旅。

单从空间角度看，故事的两条线索相伴而行，伊萨和丹尼的目的地都是伊斯坦布尔，但是从两个人的人生轨迹来看，却是相向而行的。

影片一开头就让戴墨镜的伊萨独自在公路上出现，后备箱里赫然躺着一具尸体，影片只用了几个镜头就成功地误导观众将他判定为亡命天涯的杀人犯。乖宝宝式的中学物理教师丹尼完全不知情、误打误撞上了伊萨的车，两个男人之间的巨大反差更加暴露了伊萨的种种可疑之处。

之后电影没有留给观众更多的思考时间就随着丹尼的叙述进入了他的爱情故事和冒险之旅，丹尼和朱莉之间的情感纠葛以及梅里克的出现都让叙述的方向打了个急转弯，然而就在丹尼的叙述进入关键处，影片又来了急刹车，丹尼和伊萨聊着天儿不知不觉地进了检查站，观众也随之回到影片正在进行的现实时空。

警察打开后备箱，看到尸体后，丹尼和伊萨都成了嫌疑人，被送进监狱。正是在监狱里，伊萨向丹尼讲述了自己的故事：

"那尸体是我的大伯阿西姆德。他从伊斯坦布尔来看我们，他是我爸爸最年长的哥哥，我爸爸每年都会邀请他来，他拿了三个月期的签证就来到德国。他觉得柏林很棒，邻居都是土耳其人。他马上和我们融为一体，他真的感觉很好，我们一家人当然也很快乐。我有两个外甥，都是姐姐的孩子，他们都不去幼儿园了，因为大伯可以照顾他们。你不知道他烧的菜有多好吃，比我妈烧得还好。三个月很快就过去了，大伯还是留下来了。出乎意料的事情发生了——他死于心脏病发作，连再见都没说就死了。很糟糕，是吧？为了这个事情，家族召开了集体会议，大家讨论决定，把他偷偷运回土耳其，因为大伯在这里已经不具有合法身份，我们没法公开埋葬他，他的尸体一直放在地下室。因为我最年轻，又正好在休假，我就被赋予了这个见鬼的任务。"

听着伊萨讲述自己的故事，观众就会回想起观看过程中忽略掉的每一个细节。尤其是影片一开始伊萨和丹尼在公路上的那个片断，伊萨假装拒绝丹尼打车，然后又回到丹尼的身边，他误以为丹尼被他撞死了，原本打算驾车逃离，但是稍微迟疑后还是返回搭载上丹尼。他的开放和善良的心态，幽默而爽朗的性格由此给人留下深刻的印象。当电影结尾处伊萨和梅里克同时出现，丹尼才明白以为自己爱上的土耳其姑娘梅里克到博斯普鲁斯海峡岸边等待的那个人正是伊萨。

伊萨的故事很容易让观众联想到中国电影"第六代导演"代表人物张杨执导的电影《落叶归根》。讲的是在城市打工的农民工老赵把客死异乡的老乡刘全有的尸体千里走单骑背回老家的故事。这个看似荒诞的故事取材于2005年《南方周末》报道的一则真实事件，导演张杨为了剧本创作还专门跑到农民工的家乡去采访调研。

张杨说，对于漂泊在外的异乡人来说，家乡是最表层的"家"，也容易受到最普遍的共鸣。亲人之间的亲情维系和寄托，从血缘上来说也是一个"家"，其实"根"之所在，是对自我的认知，最终的家应该是心灵层面淳朴的感受。

这一点几乎与《在七月》的主题如出一辙。

如果说伊斯坦布尔的寻爱之旅是丹尼的成长之旅，伊萨千里背尸的回乡之旅才是真正的冒险之旅。丹尼也只是偶然出现在伊萨的旅途中的一个临时旅伴。相比之下，电影中花大篇幅叙述丹尼在伊萨的汽车里描述的有关他和朱莉以及梅里克的故事就显得不值一提，如果不是以眼花缭乱的公路片作为叙述形式，而且落在纸面上，这也就是一个过时的、老套的、庸俗冗长的三角恋故事。但伊萨在监狱里对丹尼的质问以及轻描淡写地讲出关于后备箱里那个尸体的来龙去脉则显得更加让人触目惊心。

即使没有影像的印证，伊萨口中陈述的移民社会的现实也让人仿佛身临其境，让人设身处地、感同身受。他的故事更加真实动人。首先打动人的是这个看上去粗鲁、野蛮、彪悍甚至有点儿凶狠的汉子身上时时、处处流露的温情和柔情。

更重要的是，如果说之前涉及移民题材的大部分电影都局限在土耳其人的圈子中，这个电影将丹尼和伊萨两个不同背景的人关在了同一个封闭的空间内，在陌生国家的荒郊野岭的公路上，丹尼被迫上了伊萨的车，伊萨也出于好心并情非得已地接纳了丹尼。这两个来自同一个国家，但是在原本生活的空间里完全不会有交集的人成了可以互诉衷肠的知心人。在旅途这个特定的情境当中，人物关系当然随时都可能发生变化，但是这一点变化不仅对于电影中的叙述主体，而且对于观众和创作者来说，都是一个不小的突破。

从一开始就是伊萨对丹尼的经历更感兴趣，而丹尼只是为了图方便出于无奈选择了伊萨,他沉浸在自己的爱情故事和经历当中,并没有过多问及关于伊萨的情况。

除了"你是谁,你从哪儿来,要去哪里,你是做什么的"。

丹尼对伊萨一无所知,并且也没有表现出任何想要了解的愿望,也许他压根儿就不关心。旅途中人跟人的相遇原本就是如此,偶然的相聚、分离,聚散都在转瞬间,这是常态。不过这也从一个侧面映照出伊萨和丹尼分别代表的两个群体在现实生活中的相互关系,生活在同一片蓝天下的土耳其裔德国人和德国人原本就是毫无交集。

只有在两个人同时陷入困境时,丹尼才以质问的语气对伊萨提问:你是谁,你从哪儿来,你是做什么的?为什么后备箱里有一具尸体?只有在令人惊恐的突发事件暴露出来之后,丹尼才产生想要了解伊萨的愿望,而这并不是出于对伊萨的关切,只是为了尽快摆脱危机,摆脱陷入无辜的困境。然而造成这个困境的原因不只是伊萨的后备箱,也包括他自己在旅途当中丢失了护照。

不管是有意还是无意,伊萨从始至终地承担了全部责任。是他搭载了丹尼,是他帮助丹尼逃离监狱,是他帮助叔叔落叶归根,也是他带着家族的重任回到故乡。因此他理所当然地收获了家乡人民的掌声和自己的爱情。无论是身形还是实际处理问题的能力，伊萨都要比丹尼高大许多。

如果说伊萨是一个历经风雨的汉子、一个真男人，扛得起生活的所有，那么丹尼毫无疑问就是一个呆萌的中二病患者，一个幼稚肤浅、初出茅庐、不谙世事的孩子。

在作者的创作动力中，也许伊萨才是那个真正的主角。从表面看起来在现实生活中也许处于弱势危机四伏的土耳其移民，也许恰恰因为经历了更多苦难才更懂得生活本身，才更有机会深入到现代社会的生活内核，触摸到属于这个时代脉搏的跳动，蕴含其中的是全球化发展中的整个世界的节奏。正因为如此，他们的电影才具有如此触动人心的广泛力量，不经意间打通你的任督二脉，不是醍醐灌顶的顿悟，而是如涓涓细流般带给人平和自在。这种深入浅出的能力来自于丰富的阅历、深厚的文化传统与开阔的视野。

可以想见，如同共患难之后丹尼对伊萨的认真审视和重新了解，观众也经历了这一相似的过程。想象一个德国本土生长的观众经由伊萨是否会产生对出现在自己身边的土耳其人越来越多地关注、重新审视和再发现呢？即使不会像电影里丹尼对伊萨那样发生颠覆性的改观，没有这样戏剧性的反转情节烘托，也会自然而然地产生出一种想要深入他们的内心，深入他们的世界去走一走、看一看的兴趣。

伊萨三言两语揭开的不是后备箱里那个令人忐忑不安的谜底，也不仅仅是一个家族的迁徙，而是几十年来持续不断的土耳其移民的奋斗史，他们的悲欢离合和艰辛历程。经过这个电影，在这个七月里，我们和丹尼一起认识的这个男人，才让人真正意识到，"人生的另一边"其实就在你的身边。

答案是《在人生的另一边》

1

电影《在人生的另一边》被认为是法提赫·阿金的经典之作。它讲了三个原本毫不相干的家庭，两个土耳其家庭和一个德国家庭，因为一场突如其来的变故经历了误解—仇视—对话—理解的一番波折之后，最后彼此融合与相互影响的故事。

影片最经典的镜头来自于机场棺材的起落。同样是伊斯坦布尔的阿塔图尔克机场，似乎是同一条传送带，一边是从刚刚抵达的飞机上滑下来的耶特的棺材，另一边则是从机场摆渡车上运向即将起飞的飞机货仓的洛特的棺材。

一个从德国回到土耳其，一个离开土耳其飞往德国，一条航线，不同时间相向而行。

一个土耳其母亲，一个德国女儿，魂归故里。

土耳其母亲耶特之死和德国女儿洛特之死，构成了整部影片的两个华彩乐章，每个部分的高潮段落都出现在静默无声的画面中。

在电影开始就讲述了三个破损的家庭灾难接踵而至。有两对母女经历了生死，幸存下来的一个父亲和一个女儿又进了监狱，每个人都遭受着重重磨难，整部电影依然显得波澜不惊。就像影片中出场的六个人物的表情，几乎看不出任何变化。

没有久别重逢的喜悦，也没有生离死别的悲痛，在巨大政治漩涡裹挟下的焦虑和恐慌都不易察觉，好像所有人都与生俱来地独自行走在人世间，弥漫在他们当中的是一股奇怪的氛围，让人倍感孤独和绝望。

无论是已经成为退休老头儿和中年妓女的第一代劳工移民，还是拥有大学教授这样高收入、高阶层的第二代移民，或者是生长在国际大都市的中产阶级,每个人都如同荒岛求生般在苦苦挣扎,每个人都像赤足行走在孤绝的悬崖峭壁上,稍不留神就有可能跌入人生的谷底。

在他们当中,土耳其母亲耶特无疑是最底层、最弱势的那一个,然而正是她的死,彻底改变了所有人的命运:

在德国生活的土耳其裔退休老头儿阿里大叔为了打发寂寞无聊的时光去找了妓女耶特,他突发奇想用自己的退休金把耶特占为己有,但是在共同生活中又因为时时刻刻的不信任而错手杀死了耶特,自己也锒铛入狱。阿里大叔的儿子纳杰特原本在大学里踏踏实实教书,为了替父亲赎罪,他千里迢迢跑到土耳其伊斯坦布尔寻找耶特的女儿埃塔。

此时埃塔为躲避追捕已经跑到德国寻找母亲耶特了。遍寻未果之后埃塔偶遇德国女孩、大学生洛特,洛特好心地把埃塔带回了家。埃塔在找母亲的过程中被警察发现非法入境很快就被遣送回国。洛特也追到土耳其,在帮埃塔取回藏匿在居民楼顶层的手枪的途中,被街头少年失手打死。

耶特和埃塔的出现让土耳其人阿里大叔和他的儿子纳杰特,以及德国人洛特和她的母亲的人生航船从此处拐了个大弯儿,驶离了平静的港湾也偏离了原本安全和熟悉的航道。但是彼岸并不就是风平浪静,原本的生活虽然看上去波澜不惊但也许同样危机四伏,那种一潭死水的人生令他们心有不甘、无法忍受,因此才义无反顾地踏上冒险之旅。

人生原本就是一场冒险之旅,但是因为这个人的出现,让你的冒险变得更有价值。从盲目自发地漂泊到相互联结、心心相印、惺惺相惜地寻找,旅程因为有了明确的方向而被赋予了更丰富、更深沉的内涵。

故事的前半段发生在德国,土耳其母亲也死在德国,故事的后半段发生在土耳其,德国女儿同样客死他乡,死在土耳其。

两个人的死,将故事中的幸存者全都带到了土耳其。看上去这只是一次偶然的旅程,但却是命定的旅程。它既不是出于对异域风情的猎奇心理,也不是带有普通移民的怀旧寻根情结,而是对一个群体的重新发现,因为一个具体的活生生的就在你身边触摸你心灵的人的出现、存在变得充满了实践意义。

这也是一次心灵的重新出发,重新寻找和认识自己的过程。每一个人都因此而变得更加丰富完整了。不管是经历了死亡、痛苦、孤独和意外的挫折,不管寻找的结果究竟是意外的邂逅,还是一场无声的诀别,或者是皆大欢喜的重逢,每个人都会最终得到那个寻找的意义。

2

如果不是德国女孩洛特的及时出现，土耳其女儿埃塔应该还在不莱梅街头游荡，风餐露宿，饥寒交迫，但也有另一种可能，她也许能够凭借机智和运气躲过警察，活下来，并且有机会见到她的妈妈。

洛特和她母亲在城市里生活稳定安逸，洛特在大学学习英语和西班牙语，母亲是个知识分子，两个人都对东方充满了好奇。母亲年轻时去过伊斯坦布尔，洛特在遇到埃塔时刚刚从印度游历了三个月回来。母女两人在同一屋檐下生活，但是相互之间没有真正的沟通和理解，就像是生活在一起的陌生人。

洛特陪埃塔在德国找妈妈的途中被警察拦截，埃塔因为没有身份被收押，之后被遣返土耳其。一心想救埃塔的洛特毫不犹豫地追随她来到人生地不熟的伊斯坦布尔之后，才发现自己手无寸铁身无分文，万般无奈之下她向妈妈求助，但是电话那边妈妈的语气决绝："我受够了，你不能再这样荒废你的学业和青春。"

洛特在电话中向妈妈倾诉："妈妈，我一定要帮助埃塔！"

不管是出于崇高利他主义而对弱势群体伸出援手，还是出于怜悯之心想要帮助朋友逃离苦海早日团聚，绕着全世界东西方走了一大圈儿依然吊儿郎当、孤苦无依的洛特，恰恰是从埃塔那无助的眼神里得到了自我价值的实现。尽管她为此付出年轻的生命，令人扼腕叹息，但是随之而来的母女之间精神意义上的和解依然令人欣慰。

电影中洛特一直都表现得独立、自信、执着、坚定，从一开始把埃塔带回家她就几乎没把妈妈放在眼里。直到她来到土耳其，走投无路才在电话中第一次向妈妈服软，然而同样独立坚定的知识分子妈妈并没有因此心软，"你知道我为了她已经花了多少钱吗？整整一年她的律师咨询费都是我在支付。从现在开始没人帮你了，你就呆在那儿吧，看你能熬多久！"说完她就挂断了电话。

母女俩比狠，最后女儿以意料之外的永别残忍地"胜出"。

从始至终都没有真正交流过的母女俩，一直到阴阳两隔之后，才通过女儿留下的遗言般的日记实现对话："我希望坚定地走下去，无畏地走下去。尽管妈妈一直反对。这点我一直觉得很诧异，她就是这样的人，或者说是完全独立的人。这些我都是一点一滴才学会的。我发现自己在遵循她的足迹，也许正因为如此,她在我身上发现了自己的影子。"

这位经历了丧女之痛的母亲,看完日记后并没有痛哭失声,而是怀抱日记本安然睡去。天亮之后,她迷迷糊糊地醒来,看见青春靓丽的女儿站在她的面前笑着。虽然只是稍纵即逝的幻象,但是在这个风轻云淡的早上,悲伤似乎也随之渐渐舒缓了。

3

对于一个具有移民身份的人来说,阿里的人生即便不算圆满那也相当值得称道。就像他跟耶特谈条件时显摆的那样:"我有退休金,银行里有存款,我还有土地,有房产……另外,我还有一个儿子,他是大学教授,他也能帮我……"对于出卖劳动力为生的第一代土耳其移民来说,阿里大叔的境遇简直就是一生梦寐以求的终极目标了。

但是他在异乡艰苦奋斗一生之后,留给他的依然只有孤苦无依的生活和赛马场里打发的无聊时光。即便是在赌场里也没人和他交谈。儿子生活在另一个城市,偶尔会回来看他,父子之间没有内心的交流。两个人随着时间、空间和身份阶层的差异,已经无法交流了。在和儿子短暂的相处中,透露出来的只有和伊朗朋友的闲聊。

"生命之光什么时候照耀到我呀！"这是孤老头儿阿里对自己命运的悲叹。

没有任何东西真正属于他。而此时他在这个城市、这个国家、这片陌生的土地上赖以为生的青春和力量也已经一去不复返了，最令人绝望的感受莫过于此——我为这片土地倾其所有，最终我却一无所有。

在错手杀死耶特、锒铛入狱之前，甚至是在遇到耶特之前，实际上阿里大叔已经濒临绝境了。耶特的出现只是一个偶然的回光返照，他的人生在此之前已经彻底结束了。耶特是他人生的最后一根稻草，最后一点儿希望和亮光，也是他以为自己能够拥有的唯一的资产。

按照他的计划，两个孤苦无依的人靠着那点儿退休金搭帮过日子，好歹可以相依为命，但是两人之间的关系从一开始就是脆弱和不堪一击的，实际上就是建立在赤裸裸的买卖关系上。从内心深处，阿里大叔对自己的年迈是不自信的，耶特又是个性格刚烈的女人，这段关系最终将耶特推下悬崖。

如果不是阿里大叔的出现，耶特应该还在那个不见天日的半地下室里做着人世间最屈辱的行当，但至少她还有资格行走在人世间，也许还有机会与千里寻亲来到德国的女儿埃塔母女团聚。电影中唯一一对母女俩同框的镜头令人唏嘘不已：埃塔坐在洛特的车上去找妈妈，妈妈和纳杰特此时正坐在去医院探望阿里大叔的公共汽车上。两辆车相向而行，一瞬间，擦肩而过……母女俩从此阴阳永隔。

一个男性导演的细腻温情在此表露无遗，影片的动人之处也正来自于这些温情的瞬间和貌似漫不经心的细节编排。纳杰特和埃塔一起去医院看望父亲阿里，阿里嘱咐他不要忘了给自己在阳台上栽种的那些西红柿浇水。回到家吃完晚饭之后，纳杰特玩了命地给西红柿浇水，埃塔阻止他说："再浇西红柿都熟了。"纳杰特应声摘了一个西红柿给埃塔，自己也吃了起来，好滋味让他情不自禁地感叹："明天也给我爸带点儿去吧。"埃塔正津津有味地吃着西红柿，听见纳杰特这句话，突然泪如泉涌。

这个坚强的土耳其女人在生活的屈辱与重压之下都没有流露一丝一毫的软弱，以强大内心筑起重重壁垒对抗极其不公正的命运和外部世界，但是在亲情的思念中她瞬间还原成为一个脆弱和不堪一击的弱女子。

几乎与此同时，她的女儿埃塔也在洛特家受了委屈，她试图跟完全陌生的洛特妈妈谈论土耳其的政治和她自己国家的前途命运，然而她无意中言辞激进地冒犯了洛特的妈妈，这个欧洲女知识分子不动声色地提醒她："这是在我的家里，我不允许你用这种态度说话。在你的家里你愿意怎样就怎样，我管不着。"这句话无情地刺伤了年轻土耳其女孩的自尊心。

埃塔当即卷铺盖走人。在门口的台阶上，面对匆匆忙忙赶来接她的洛特，埃塔第一次哭诉："我想我妈妈了，带我去找我妈妈吧。"这个连死都不怕，经过血雨腥风，穿过大风大浪、机智勇敢的女斗士，此刻还原成了一个小蝌蚪找妈妈一样无依无靠的小女生。

如此这般的细节处理都是行于所当行，止于所不可不止。它不像是电影创作，更像是对生活原貌的真实记录。电影中，几乎感觉不到情节起伏和节奏变换以及戏剧性的冲突，每一个情绪的引爆点似乎都是自然而然发生的。它在触碰到电影主人公的同时也触碰了观众内心的柔软。

联想到耶特面对纳杰特时发自内心的感叹："我希望我的女儿也像你一样受到良好的教育，像你一样那么有教养。"对于这个生活在暗无天日的世界里的女人来说，这是她悲剧人生的唯一梦想和寄托。死对她来说也算是一种解脱，至少不用面对因卷入政治漩涡而走投无路的女儿。

由此引发的多米诺骨牌似的连带效应也让大学教授纳杰特有了一次面对自己真实内心同时也重新审视自己父亲以及梳理父子关系的过程。耶特之死促使他下决心回到土耳其，也正是这一次返乡之旅让他先后认识了洛特母女，在和洛特母亲一次不经意的闲聊中，他突然意识到自己的父亲给予他的深沉的爱。

正因为如此，在离开多年之后，他从柏林回到伊斯坦布尔，又从伊斯坦布尔回到了真正意义上的故乡——特拉布宗。

此时阿里大叔刑满释放后被遣返回国，他回到了自己的出生地特拉布宗，他就是从那儿离开祖国迁往德国，由此改变了整个家庭的命运，如同千千万万的土耳其人一样。

耐人寻味的是，影片中多次提到的这个特拉布宗，陌生的乡村，也正是导演法提赫·阿金真正意义上的故乡。和纳杰特的父亲阿里大叔一样，法提赫·阿金的父亲，也出生在特拉布宗。

影片结尾那个经典的五分钟长镜头，纳杰特追随父亲的脚步回到特拉布宗，坐在海边静静等待出海钓鱼的父亲归来。画面外，海浪声、孩子的嬉戏、海鸥的叫声时隐时现。画面中，纳杰特背对观众面朝大海，看潮起潮落，云卷云舒，看沧海桑田，世事变迁。

《索利诺》：活出生命的色彩和激情

1

回乡的主题在这个土耳其裔德国导演的创作中贯彻始终，导演本人也追随父亲的脚步多次重返家乡。

即使在涉及其他国家移民题材的故事中，"回乡"也一直都是他在影片中所要表达的最重要的主题和线索。这几乎成了一个执念，每一个移民群体都是以回归故土作为终极目标和妥善的归宿。其中最有代表性的，是讲述意大利移民家庭的电影《索利诺》。主人公奇奇跟随父母、哥哥，整个家庭来到德国生活，兜兜转转之后，最美好的大团圆结局，仍然是回到故乡小城索利诺，娶妻生子，怡然自乐。

同样跳出土耳其移民主题的，还有获得第六十六届威尼斯电影节评委会特别奖的《心灵厨房》。尽管相比《索利诺》，《心灵厨房》显得更轻松幽默，诙谐洒脱，充满了跳跃的节奏和时尚

的元素，更切近人们的现实生活，以至于当人们谈起法提赫·
阿金的创作时，《心灵厨房》成了一个经典话题，甚至被认为是
他创作历程中一个重要的转折点。其实比 2009 年推出的《心灵
厨房》早六七年时间的《索利诺》，就已经在超越土耳其移民这
个小圈子之外更广阔的视野中，找到了不仅属于移民群体的集
体记忆和情感的最大公约数，同时也替我们找回了在一路奔波、
一路追寻的时代里，一路丢失的真实朴素和简单美好的生活。

　　由《索利诺》引发的思考会让人联想到德国批评家乔治·
西斯兰对这一批土耳其裔德国电影的评价，他明确指出这些电
影的特别之处在于它们既是最确切的、有时也是最充满深情的
"乡土电影"。这些电影"具有高度自觉的反省意识""他们能够
比一般的电影更接近他们现实的命运，同时电影也能把他们的
异质潜能转变成一种审美距离、一种美学表达上爱恨交织的矛
盾情境"。

　　和此前关注土耳其移民群体的影片不同，和此后涉及希腊
移民的《心灵厨房》也不同，《索利诺》表达移民诉求和现实处境
时采用了一种直截了当、和盘托出的态度，叙事结构自然流畅，
一如生活本身，行云流水地还原了一个意大利移民家庭从故乡
到他乡再重返故乡的迁徙历程。在其他影片中好像总是喜欢

淘气地跟观众玩躲猫猫的导演，总是在趁人不备时留下关键线索，直到影片结束才揭开全部谜底，但是在创作《索利诺》时，导演却变成了一个温顺乖巧的好男孩，如同影片中的主角奇奇，观众进入这个电影的过程，就好像是奇奇在我们面前翻开一本按时间排序的家庭相册，引领我们进入他们的世界。

这本相册就是对这个世界的一次漫游，一段旅行，一个开始。

2

有人说这部电影是导演向《天堂电影院》的致敬之作，影片中一个很重要的叙事线索是围绕小男孩奇奇的电影情缘展开的。从最初在家乡索利诺的露天电影院看到神奇闪动的影像到遇见意大利大导演巴蒂，再到自己头一次拍电影就获了大奖，原本二代移民奇奇的人生轨迹就这样朝着现实生活中导演法提赫·阿金的方向大踏步迈进。然而，妈妈因为得病搬回老家索利诺的决定改变了奇奇势如破竹的电影命运，他回到索利诺，计划中只是一场短暂的旅行，却因为美丽善良的意大利姑娘、青梅竹马的恋人雅达做了永久的停留。

和之前那些苦大仇深、濒临绝境的土耳其移民家庭不同，奇奇一家只用了很短的时间就融入了德国的主流社会,积累财富并获得自由发展的空间。凭借着奇奇妈妈精湛的厨艺、父母二人出色的商业头脑还有一家四口的齐心协力,他们的比萨饼店迅速扩张,生意兴隆,蒸蒸日上。和之前那些土耳其移民在走投无路的情况下迫不得已才回到祖国完全不同,奇奇和他妈妈都是有选择权的,他们在故乡和他乡两条道路中选择了故乡。

对奇奇来说,拍电影只是兴趣爱好,从中悟出的人生真谛才是相伴终生的财富。想当年在他的孩提时代遇到大导演巴蒂并意外结缘,这一老一小在家门口的街角处有一段意味深长的对话。

奇奇:我想和你一样拍电影。

巴蒂:这并不重要。

奇奇:那什么最重要?

巴蒂:要活出生命的色彩和激情。

奇奇:怎么才能做到?

巴蒂:仔细观察你周围的事物,对什么都充满好奇,就像你从来没有来过一样。

巴蒂(指着对面街上的房子):所有的窗子都是一样的吗?

（一个摆满植物的窗台）不是。那里住了喜欢植物的人，还专门做了植物架。

奇奇：那就是生命的色彩与激情吗？

巴蒂：不，那只是植物学。

这一番对话给奇奇的人生打了底色，从此以后"活出生命的色彩和激情"成了这个男孩成长为一个男人的座右铭和指路明灯。

这也是一段冒险的旅途，途中也会有糟糕的旅伴和迷失方向的危险。就像他青少年时在德国经历的那段志得意满的富二代生活，纸醉金迷，艺术，还有狐朋狗友，让人忘乎所以、沉沦。表面看上去，那样的生活异彩纷呈、激情四溢，但那不是在艺术家指引下仰望窗口时看见的生机盎然的色彩和激情。反而在一成不变的家乡，连露天电影院都荒芜了的偏僻小镇，奇奇找到了真正的创作灵感和生机盎然的色彩和激情。

就像他在和雅达一起动手重建了儿时的露天电影院之后，听到的姑娘的表白："我讨厌动物，但是我喜欢来这个运动场，因为奇奇在这里。"

奇奇走过去抱住雅达，他问姑娘："我们身后的墙壁是什么颜色？"

雅达回答："黄色。但不是之前我们刷上去的漆的颜色,而是岁月沉淀的颜色。"

这个答案不仅艺术感很强,而且充分说明小镇姑娘也可以是有头脑有创意的。生命的色彩和激情就此在他的面前展开,由于哥哥的野心夺走了本该属于他的事业和爱情,在此刻这些也都抛到九霄云外了。回想在此之前,奇奇无意中发现雅达在他离开期间默默守护和照顾了他生病的妈妈,雅达身上散发出来的别样清新和本分的美让奇奇最终选择留在故乡。

3

他乡跟故乡的选择题不单单是出给卡罗和奇奇小哥儿俩的,他乡跟故乡所代表的也不仅仅是移民的来龙去脉,实际上变成了两种生活方式和人生价值的象征。在这个意大利人的四口之家里,卡罗和他的爸爸代表了现代人的生活方式和价值观,在他们身上有我们熟悉的自私、欲望、虚荣心、好高骛远、好逸恶劳诸如此类的各种现代病,奇奇和他妈妈则代表了传统的一派,他们有梦想也有根基,当他们回到属于自己的那一片希望的田野上，脚踏实地的耕耘和收获更是充满了力量，让人对未来充满期待。

在大部分土耳其裔德国导演拍摄的移民电影中，父子关系是主线，决定着电影的走向，但是在《索利诺》中，奇奇和母亲罗娜之间的情感被浓墨重彩地铺陈开来，正是这条线索推动了整个电影的情节发展。从一开始奇奇的母亲罗娜就对丈夫罗曼诺移民德国这件事不以为然，在父亲去世以后，她虽然出于无奈跟着丈夫远走他乡，但始终心不甘情不愿。直到她目睹了丈夫外遇，得知自己身患绝症，这个女人没掉一滴眼泪，她第一时间做出的决定就是回家。

其实从头到尾她也压根儿都没离开过索利诺。刚在杜伊斯堡落了脚，她就在新家里摆上了自己父亲的遗像，为了生计盘下街对面的商铺经营比萨饼店之后，她给自己的店命名为"索利诺"。从此之后，她就在这个遥远异乡中的"家乡"工作和生活，凭着家乡的美食在异乡挣下了一席之地，养大了两个孩子。

可以说，母亲罗娜就是那个魂牵梦绕的"家乡"。她是大地，她是传统，她是所有人的来路，她也是奇奇生命中最绚烂的色彩和刻骨铭心的激情。相比《在人生的另一边》里的土耳其母亲和德国母亲，她是非常幸运的，有一个乖巧温顺的儿子相伴左右，晚年也是儿孙绕膝，其乐融融。影片中有两个特别有幽默感的片断：一个是他们的饭店开业不久，罗娜从地下室的厨房来到大厅，发现所有的桌子边都坐满了盖世太保，她不分青红皂白就把丈夫罗曼诺给训了一顿，之后才知道原来餐厅里的盖世太保全都是拍电影的演员；另外一个是她在路边公共汽车站等车，紧挨着她的路人甲正在看报纸，她不经意瞥见了报纸上两个儿子接受采访的整版报道，不由分说夺下报纸兴冲冲地跑开了。路人甲错愕了半晌，从身边拾起罗娜丢下的盛满美食的一口大锅抱在怀里。

和那两位隐忍、压抑、心事重重、自我封闭的母亲相比，这位意大利母亲过得可以说是鲜活生动。也正是她的言传身教，让奇奇更懂得体味生活，也让他最终做出了适合自己的人生选择。她的个性如此强烈，以至于她把自己的人生活成了一个现代社会独立女性的教科书。这种独立迥异于《在人生的另一边》那位养尊处优的德国知识分子母亲，对于家庭的责任和对于民族的自尊撑起了她的独立。

正因为如此，她的故事简单利落，但是更有说服力和感染力。

《跨越桥梁》：从土耳其移民到
德国电影的新希望

1

《索利诺》没有沦为心灵鸡汤的一个很重要原因就在于电影中所表现的奇奇电影生涯的返璞归真。

回归传统并不意味着因循守旧，回乡的选择当然也不意味着从此老婆孩子热炕头光顾着过小日子了。电影的开头和结尾都重复了同一个场景，奇奇在他和雅达一起重建的露天电影院里为小镇居民们放映他自己拍摄的影片，影片获得了巨大成功。

成功的定义不是像之前那部电影处女作一样，赢得媒体的关注，获得希望之星的大奖。在这一部电影新作中，奇奇用一种幽默诙谐的艺术手法再现了小镇索利诺的历史面貌和风土人情，引来小镇观众的会心微笑和集体共鸣。这又一次映射了

《索利诺》的导演法提赫·阿金的现实创作。

和奇奇一样,法提赫·阿金回到故乡土耳其之后创作的纪录片《跨越桥梁——伊斯坦布尔的声音》也获得了巨大成功,成功之处在于导演自己也褪去了重重铠甲,他不再是那个全副武装在欧洲各大电影节上所向披靡赢得评委青睐的新生代明星导演,他还原成为远行归来的游子,通篇都是返璞归真的轻松自信,全然没有近乡情怯的谨小慎微,也没有荣归故里、衣锦还乡的洋洋自得,甚至没有初来乍到的彷徨和羞涩。一脚踏进土耳其的音乐江湖,他的表现完全就是个熟门熟道的老江湖。

当然《跨越桥梁》的最大魅力还是来自于影片的唯一主角——土耳其音乐。宛如大地深处的呼吸声,荡气回肠,丰富深沉。看这部片子的时候你会特别希望自己就在摄像机面对的每一个演出现场,希望在陌生的人群中间随着节拍起舞,现场感受音乐的律动,那种心有灵犀、心心相印的狂欢能让人忘记尘世间一切俗不可耐的烦恼。

歌声如同一束光,照亮穿越时空的隧道。声音包罗万象,包含味道、记忆、行走的旅程、喜怒哀乐、丢失的传统、志同道合的友情,从此岸到彼岸的艰辛跋涉……

人都是以故乡最为亲切,哪怕从未生活过。这个在德国长大又一直在创作中强调自身土耳其身份的导演,选择音乐作为向导回到故乡是经过深思熟虑的。他隐身在德国音乐人的身后——此行的旅伴是他第一部有国家声誉的《勇往直前》的音乐制作人,显然就没打算记录父辈的身影,拍摄成访亲问友的简单的个人怀旧之旅,而是要把自己心目中的那个有别于旅游景点的丰富深沉的土耳其传达到全世界更多观众的心坎上,以此对自己的身份做一个重新的梳理和确认。

纪录片跟着德国音乐人在土耳其各地以音乐会友和不断探索发现的旅程持续行进,每到一处就会发现一种新的音乐类型,认识一些新的音乐人,他们大多数其貌不扬,但是只要开口说话,就是谈吐不凡,语气中夹杂了审慎的思考和溢于言表的自豪。

"伊斯坦布尔是一个桥梁,跨越了七十二个国家的桥梁。"

"让伊斯坦布尔变得如此与众不同的正是博斯普鲁斯。海峡连接了两个大洲。"

出现在镜头里的,几乎没有一个自命不凡的所谓艺术家,倒是有一些普通的市民,每日往返于海峡连结的两大洲之间的游船船员,坐在咖啡馆闲聊的老人,以及游荡街头、怀揣一把吉他走天下的歌者:"伊斯坦布尔既是欧洲的也是亚洲的。既是西方的也是东方的。这也是一种冒险，我们想要成为欧洲的，但同时我们也向亚洲敞开怀抱，那是我们的一部分。这也造成了我们的音乐的独特性。"

可以想象的是，对于导演法提赫·阿金而言，这也是一次不同寻常的旅行。选择音乐回到故乡也许是出于一个灵光乍现的奇思妙想，但也许是深思熟虑的艺术探索。在他的很多影片中都有大量的不同类型的音乐元素存在，像《勇往直前》《心灵厨房》等影片中都有乐队直接参演，其他电影的主人公也时不时地会唱上一段表达心情或者渲染气氛，音乐是他的电影中十分重要的元素。相比一般的导演来说，这个学美术出身的导演对音乐的高度敏感会让人自然联想到他那能歌善舞的原生家庭。

《跨越桥梁》的浑然天成也正来自于导演对音乐的热爱，这份热爱就是那个回家的桥梁。因为彼此之间的趣味相投、心有灵犀的默契，一个多小时的采风一气呵成，给观众带来的福利就是开阔的视野和信马由缰的想象空间。

《跨越桥梁》的这一场旅行对法提赫·阿金来说的非凡意义，不仅在于他如鱼得水地徜徉于故乡的风情，还在于很有可能在这个过程中他认识了一个更真实的土耳其，正如认识了他自己的一部分。如同影片中一位年轻的音乐人所说的那样：
"知道你在哪里生活将会给你一种安全感，同时也给你一个确
定的身份。这是我们音乐的出发点。"

2

正如《跨越桥梁》所揭示的主题，伊斯坦布尔所代表的土耳
其是兼具欧亚两个大洲性格的国家，它的音乐特质由此而来，
与它息息相关的艺术家也会呈现同样的特质。这也许就是为
什么法提赫·阿金给人的印象是既熟悉又陌生的。他的东方
或者说亚洲气质使得他的一些影片让我们感同身受，而在另一
些时候，他又似乎站在一个遥不可及、高高在上的立场和态度
上俯视东方。

作为一个拥有所谓国际化视野的导演，法提赫·阿金的电
影之旅遍布几个大洲。除了与他血脉相连的土耳其，《在七月》
走遍了中东欧，《切口》更是从土耳其和叙利亚边境的小镇马尔
丁，到黎巴嫩、古巴哈瓦那、美国佛罗里达，从沙漠荒原到大洋
彼岸。

值得一提的是，在《心灵厨房》里，男主角的女友娜汀不顾

一切争取到一个驻外记者的机会，而她的目的地恰恰就是上海。男主角为了追回女友，同样不顾一切地打算跟到上海，因此在报摊上买了所有和中国有关的杂志书籍。这个情节并不重要，但是让中国观众倍感亲切。

然而在《纽约我爱你》这个大师合集中，法提赫·阿金在跟舒淇合作的那个段落中，讲述了一个生活在唐人街的中国女孩的故事。令人遗憾的是，舒淇和她身边的中国人的形象依然是早年西方电影中的中国形象，如同中药店里神秘的气氛。

事实上，距离土耳其越远，距离土耳其移民生活越远，距离移民的题材越远，法提赫·阿金的影片从样貌和气质上来看就越像是地道的欧洲影片。从审美习惯到意识形态都明显植根于他自己土生土长的那个国家。

这也许就是为什么他能在柏林、戛纳、威尼斯这几个国际电影节上迅速走红的原因之一。有讨巧的题材，也有熟悉的气味，正是电影节的评委们青睐的款式。另一方面，也正是因为在欧洲电影节上赢得声誉并获得滋养，从小耳濡目染、习以为常的西方思维模式就更加根深蒂固。这种思维体现在他的影片中，使得他的一些影片打上了深深的西方烙印。

要讨论法提赫·阿金的电影风格，关于他的东方特色和西方气质,《在人生的另一边》里洛特妈妈的扮演者汉娜·许古拉可以作为一个例子。

说起来,《在人生的另一边》里汉娜·许古拉扮演的角色没有占用太多篇幅,观众稍不留神就可以把她忽略掉,这个白头发、胖墩墩、圆乎脸儿、衣着随意、目光和善偶尔露出一丢点儿锐气的小老太太,猛一看也并不打眼。

很多时候她都不是居于画面的中心位置,脸上带着似笑非笑的神色,但是她充满张力的身体语言和气场还是会在某个瞬间强烈触动你,她就像是山水画的晕染,将自己的情绪和故事慢慢铺陈逐渐蔓延以至充满整个画面,犹如惊鸿一瞥般让人过目难忘。这让人想到法斯宾德对她的评价——"具有非凡的凝聚力与悲怆性"的特质。

即便是从影片中感受到她的独特魅力和超凡功力,不熟悉欧洲电影的观众也很难想象这个不那么起眼的小老太太的传奇人生和她在德国电影界的江湖地位。2010 年第六十届柏林电影节上,汉娜·许古拉获得"终身成就奖"。组委会发表声明说,他们希望藉此来表彰许古拉这位被誉为"德国新电影代表面孔"的女演员对于德国电影作出的杰出贡献。

有评论指出:"从她踏入电影圈的那一刻起,她的脸孔就代

表着德国,而她终其一生都在为德意志的电影事业奋斗……她
在大银幕上留下的永远都是德国的影子。"

　　实际上早在1983年她就是戛纳影后了,除了电影明星,她
还跨界成为一名出色的香颂歌手。如果这些都还称不上是传
奇的话,那么她和号称"德国新电影灵魂"的大导演法斯宾德持
续一生的合作跟情谊,直到今天依然为人津津乐道。

　　从1969年的《爱比死更冷》,到1979年的《玛利亚·布劳恩
的婚姻》,再到随后的《莉莉玛莲》等,法斯宾德执导的电影中成
为经典的每一部作品都是以汉娜为女主角,他们一生合作了二
十多部电影。两人双双成为德国新电影运动的主力干将,人称
"法斯宾德—许古拉两驾马车"。

　　有人说《在人生的另一边》里,法提赫邀请人到老年的汉娜
出演一个小角色就是为了向法斯宾德致敬,或者说是提示人们
他的电影风格与法斯宾德的某种渊源所在。其实在他出道不
久就有人把他和这位号称德国新电影的先驱相提并论,称他是
"法斯宾德之后德国电影的新希望"。通俗的说法大概就是接
班人的意思。实事求是、追根究底、永无止境的探索,从情节到
影像追求的粗砺美,直视赤裸裸的真相与布莱希特式的疏离剧
场传统,正是这些特质,让人们在法提赫·阿金的电影中看到

了法斯宾德的影子。

是蓄谋已久、有意为之地自己给自己贴标签也好，是顺势而为、为角色量身打造也好，汉娜·许古拉在法提赫·阿金的电影里出现本身就有了象征意义。作为德国面孔和德国新电影导师的御用女主角，汉娜·许古拉的存在客观上强调了法提赫·阿金的德国属性。

法斯宾德本人在创作中也关注过移民题材。早年的《外籍工人》和后来的《恐惧吞噬灵魂》，都是讲述移民故事的。法斯宾德自己说，他从小就和外籍工人生活在一起。因为他的父亲是个颇有投资意识的医生，在行医的同时还不断购买房产。在他所居住的房子里，一部分用于开诊所，另一部分则隔成若干的小间租给外籍工人。他从小就有机会接触到这些来自不同国家、不同文化背景的人们，与他们朝夕相处，长大以后会自然而然地以他们作为素材进行创作。

他曾经反驳托马斯·曼的名言"我宁愿参与生活也不愿写一百个故事"来表达自己对于想象、艺术创作与生活之间关系的看法。但事实上，正是因为无意中亲身参与了与外籍工人有关的生活，才使得他产生了以此为题的创作冲动。

这也从一个角度说明，包括土耳其人在内的众多外籍劳工对于德国人的生活产生了全方位的影响，使得土耳其裔德国导演的移民题材影片不仅具有自传性质，对大多数德国人来说也具有现实意义。

就像德国影评人所指出的："这些土耳其裔德国电影已经显示了自己能够大大丰富德国大众电影文化的能力，在这种亲近与疏离、理解与固持的混合状态中，它允许我们近距离地审视国家的社会现实，审视德国电影中正在面临着失去精神内核的危险。

"正是由于这个原因，它已经成为一个隐喻，隐喻在总体上构成某种存在于文化之间的混杂文化的品性，隐喻是一种存在于欧洲各种文化之中的混杂文化。如果仅仅看到问题的一部分将会是错误的和灾难性的，只要一个人有能力明白这些的话。

"对于所有的人来说，至关重要的是，这种混杂文化是问题解决方式的一个组成部分，而电影又是如何正确理解事情的最好的途径之一。"

汉娜·许古拉夺得戛纳影后殊荣的1983年，法斯宾德接受文德斯采访时回答了"电影还有未来吗"这样的命题，他的答案今天看来有某种指向性，好像是看到了法提赫·阿金这一个类型的导演的出现，以及在冥冥中为他们指明了方向。

　　法提赫·阿金回答道:"开拍的电影减少了,是千真万确的事实。确实有某一类电影走到卖座电影的极致,具有某种爆炸性的气势。另一方面却依然不乏一些十分个人化或甚具民族性的电影,这种电影在今天远比那些和电视没什么两样的电影重要得多。"

三
卡帕多西亚的孤独是一座花园——
努里·比格·锡兰的知识分子气质

上天入地的卡帕多西亚：洞穴
之谜、梦幻之所与热气球之旅

　　一位韩国作家在游历了卡帕多西亚之后发出这样的感慨：
"历经数年的生活痕迹，不过是一粒尘土，我从卡帕多西亚学到
两个真理：任何一段历史都无法忽略大自然，同时，任何壮观的
风景都无法跨越时空。"

　　卡帕多西亚位于土耳其安纳托利亚高原，距离首都安卡拉
不到三百公里，实际上它不是一个城市，而是一个区域，是以内
夫谢希尔为中心，并延伸到克尔谢希尔、尼代、阿克萨拉伊和开
赛利等省份的一块广阔区域。这个地区被认为是土耳其最具
视觉震撼的地区，巧夺天工的山洞石屋、苍凉壮阔的喀斯特地

貌,构成了今天吸引世人关注的亮点。它被美国《国家地理》杂志评为全球最神奇的十大美景之一,也是世界公认最适合体验热气球之旅的三个地方之一。

土耳其本土最具代表性和影响力的中生代导演努里·比格·锡兰的《冬眠》,就是以卡帕多西亚作为故事的发生地。

电影的主人公艾登就是在镇上开民宿的老板,这样的身份选择使得影片和卡帕多西亚的地域文化有了天然的紧密联系,而不仅仅是作为一个电影的取景地出现。在看了三个多小时的电影之后,观众会猛然发现,其实卡帕多西亚就是电影中无处不在又隐身其中的另一个主角,或者说,卡帕多西亚就是电影的主题,同时也是电影的布景。

要想更深切地理解这部获得戛纳国际电影节最佳影片金棕榈奖的电影和它的拍摄地卡帕多西亚之间的内在联系,《冬眠》是通向隐秘世界的钥匙。

卡帕多西亚恰恰体现为这样的一种矛盾统一之中:"洞室既是隐蔽之地,又是一种遗迹,介于惊骇与安全之间。洞室除了体现古人的恐惧和焦虑,更表露出现代人的惊慌。"

这就是《冬眠》的主题。这部三个多小时的长篇电影的男女主人公都是戏剧演员,男主人公艾登想要在远离都市的小镇上完成《土耳其戏剧史》。不仅如此，更重要的是，电影讲的就是逃离都市的隐居者，与世隔绝的洞穴般生活，现代人的惊慌、孤独、焦虑，内心的隐秘之所，如影随形的现实困惑。内心世界的荒凉如同卡帕多西亚的景象。你不得不赞叹努里·比格·锡兰的大师级眼光。选择卡帕多西亚作为拍摄地就已经完成了拍摄的一半工作。它当然是一个世界知名的旅游景点，但是作者却刻意避开了车马喧嚣、人声鼎沸、春暖花开的旅游旺季，选择了白雪茫茫中寥廓和萧瑟的冬季。你甚至想不起来这是一处旅游景点，它凸显了荒村的凋敝。当外部世界沉寂下来，内心的声音就会清晰显现，因此对于这部电影来说，卡帕多西亚首先是一个隐喻，一个象征，一段无声却意味深长的开场白。

其实也不仅仅是《冬眠》，这样的主题在努里·比格·锡兰的创作中贯彻始终。人们经常会把这位土生土长的土耳其导演和德国长大的土耳其裔导演法提赫·阿金相提并论，是因为他们两人都以极其真诚的态度关注土耳其人的生存现状，不管是生活在土耳其的土耳其人，还是生活在德国的土耳其人。经由他们的电影，我们得以走近甚至走进当代土耳其人的内心世界，感受着他们的喜怒哀乐，经历着他们的悲欢离合。

有意思的是,和法提赫·阿金相比,本土生长的导演努里·比格·锡兰的影片中很少有关于宗教、信仰、民族风情的描述,他的作品乍一看去并不是那种土耳其味儿十足的电影,至少他没有做任何努力去强调土耳其风情,反而他的画面中渗透出来的孤绝气质更像是后工业化时代的欧洲影片。但你还是会不由自主地相信他,你知道在他的电影中呈现的就是当代土耳其最深层的真实面貌,至少也是最真实的一个侧面。

客观地说,两位优秀的导演难分伯仲。最大的区别只是角度不同。法提赫·阿金是以旁观的、审视的、怀旧的、想象的视角来呈现他心目中的土耳其和土耳其人;努里·比格·锡兰根本就置身其中,不需要外在的符号化标签化的表现形式,他把自己融入影片中,向观众敞开心扉。

如果说法提赫·阿金是带领我们走近土耳其的导演,让我们对那个国家产生强烈的好奇,那么努里·比格·锡兰就是热情好客的民宿主人,他默不作声地敞开大门邀请我们和他们共同生活,在朝夕相处中,原本陌生的国家和人们让我们感到熟悉和亲切,我们甚至从他们身上看到自己的影子。快乐着他们的快乐,悲伤着他们的悲伤,从他们的挣扎中看到自己的困境,从他们的自私、冷漠、狭隘、懒散、矫揉造作、自欺欺人诸如此类的性格缺陷中清晰地照见自己的弱点。当然,他们在电影中展现出来的哪怕是转瞬即逝的信念、勇气、爱和尊严,也会给我们带来希望和力量,使得我们单调乏味孤独无趣的日常不经意间也涂抹上一重淡淡的诗意。

这就是锡兰的电影。看起来最没有土耳其特色然而又充满了土耳其韵味,看起来悲观、阴郁、灰暗、晦涩,然而又脉脉含情、坚韧有力,就像冬雪覆盖下的卡帕多西亚,总会让你想到洞窟深处色彩缤纷的绚烂往昔,那里埋藏着所有的秘密,值得我们付出时间和情感一同去探索。

到不了的是《远方》,回不去的是家乡

"穷人的自尊心"是《冬眠》导演努里·比格·锡兰一直特别在意的一个主题。这从他的很多作品中都可以感受得到。他的电影常常在有意无意之间展现了城乡差距、贫富悬殊,但是电影并没有因为表现了这样的内容而变得黯淡无光和沉重阴郁,相反地,它让人在深切认识社会的同时,还能鼓起勇气面对现实并继续前行。这应当归因于作者自己对现实的深刻认识,

还有在他的创作立场上所不断强调的人与人之间的平等和相互尊重的原则。这一点,在他崇拜的契诃夫的创作中也可以明显地感受到,也许这就是为什么他说契诃夫教给了他对待人生的态度。

在《牡蛎》《乐师》《哀伤》《苦恼》《万卡》《安纽黛》《歌女》和《风波》等一系列优秀的短篇小说中,契诃夫描绘了劳动者的困苦。事实上作家契诃夫自己就出身卑微,他的祖父曾经是个农奴,但作家特别强调自重。有很强家族观念的契诃夫,也同样要求弟弟"意识到自己的尊严",并建议兄长"克服""小市民习气",他主张"一点一滴地""把自己身上的奴性挤出去",这也是青年时代契诃夫创作的主导思想。正如评论家所指出的:"虽然这种思想只局限于维护个人的人格尊严,但它毕竟反映了作家对污浊的社会的不满和反抗。"

即使在早期以契洪特为笔名发表的幽默讽刺的作品中也透露出这样的思想。在那些"描写金钱和权势如何践踏人格,而受凌辱的人又不知自重"的作品里,笑声中包含着辛酸的眼泪、忧郁的音调和指责的情绪。人的尊严和人格同样受到了金钱和权势的蹂躏,这使出身低微、靠劳动谋生的作家在创作中越发注重尊重人格,并在自己的作品中鞭挞侮辱人格的老爷士绅的同时,也嘲讽了被侮辱者的奴才心理,藉此维护人的尊严。

受到契诃夫深刻影响的土耳其导演努里·比格·锡兰以电影语言表达了相同的立场。

在《冬眠》之前,让锡兰声名鹊起的第一部影片《远方》(也被译为《乌扎克》)里就有类似的情节,令人印象深刻。

《远方》讲的是在乡村失业的青年优素福投奔在伊斯坦布尔生活工作了十几年的表哥、摄影师马赫穆特,两个单身大男人在优素福找工作期间在马赫穆特家里短暂相处的时光。

马赫穆特从一开始碍于亲戚情面勉强接受了优素福,随着时间推移,眼看着优素福在城市里找工作无望,渐渐变得游手好闲,再加上自己的生活也陷入各种麻烦混乱,便对这个穷亲戚感到厌烦,在潜意识里产生了想要摆脱对方的念头,并不知不觉地付诸实施。

相比于《冬眠》的旁逸斜出,《远方》里的人物更为简省,只有表兄弟两个人,台词也极其简约,他们没有朋友,没有自己的交际圈子,大部分时间两个男人要么漫无目的在外闲逛,要么就是在家里无言以对。

不过关于两个人的电影并不让人感到沉闷无聊,反而有着很强的现实性和普遍意义。

影片开始的第一个镜头就是衣着简朴的青年优素福背着行囊背朝着刚从鸡叫声中苏醒的小山村，毅然决然踏上长途车绝尘而去。结尾的镜头则是经过短暂相处之后又恢复孤独生活的伊斯坦布尔大叔马赫穆特坐在博斯普鲁斯海峡边的长椅上寂寞地抽烟。

城市和乡村、异乡和家乡间的距离如同马赫穆特与优素福的心理距离那般遥远，可望不可即。这样的感触，大约是很多生活在现代化掠过的发展中国家的人们心头的痛，因此很容易掀动观众内心的涟漪。

优素福刚来时，马赫穆特还跟他偶尔有点儿交流，通过优素福的介绍，我们了解到当时他们面临着经济危机，工厂停产了。优素福说："先是父亲丢了工作，接着是我根本找不着工作。"

马赫穆特问："有多少人失业了？"

优素福想了一下回答说："大概有一千多人。"

马赫穆特感到惊讶："那个城镇也就这么多人呀？！"

荒村的凋敝让天真的优素福满怀期待地来到了伊斯坦布尔，他以为在这里随便找个什么工作都比在农村强。因为喜欢旅游，他梦想着到船上去找个差事。但是几经周折他终于来到船员办公室，却发现虽然码头上停泊着很多大船但并没有任何工作的空缺。他在一个船员俱乐部遇到一位中年大叔，那人对他说："我像你这么大的时候也和你一样这么想，但是在船上干了几个月之后我什么也没挣着，现在我和人猿泰山一样穷。听我说，船上没有工作也没有钱，算了吧！别追求了，都是一场空。"

　　然而，他此时已然没有退路了。这个善良的乖孩子常常趁马赫穆特睡着以后偷偷打电话回家问候父母："妈妈你怎么样？牙疼好点了吗？干嘛不让那个老牙医给你看看？告诉他挣到钱我就给他，有什么不好意思的！不要再自己拔牙了。爸爸怎么样？工厂不会重新雇佣他的，让他别再自欺欺人了。我会再给你打的。"

　　明白自己真的走投无路之后，优素福只好向马赫穆特求助，这是他在这个城市里最后一根救命稻草，并且也正是马赫穆特的榜样把他从农村引领到这个陌生的大都市来的。但是马赫穆特不仅断然拒绝了他，还顺便把他教训了一番："听着！孩子，知道什么是自尊吗？到什么时候也别丢掉自尊……见鬼！你什么都不知道，满嘴空话。你以为什么都那么简单……我为他们工作了十年，什么实惠都没得着。你从老家来找工作却不懂学习任何技术，只会找老乡！你以为食物会从天上掉下来？我今天得到的一切都是我自己努力挣来的，刚来伊斯坦布尔我一分钱也没有。而你，你坐上长途车时完全没有任何规划，来了就只是个累赘！"

几天来的忍耐到这儿已经是极限了，索性把话说到最狠，他借着家里用胶带粘老鼠这件事指桑骂槐："这个死老鼠根本没有离开这个厨房，胶带总是粘着我们却没粘过它。"

即便如此，头脑简单的乡下青年优素福也没有生气，他压根儿就没有听出伊斯坦布尔大叔的弦外之音。这让马赫穆特的一腔邪火更是无处发泄了。他忽然莫名其妙地开始翻找一块银色的怀表，还质问优素福是否见过。优素福这一次意识到事态的严重性了，他赌咒发誓自己从来没见过什么怀表，马赫穆特不置可否，折腾了一会儿后他在抽屉里找到了怀表，但并没有向优素福解释。回到房间的优素福发现自己的行李包已经被表哥粗暴地翻检过了，他终于明白，这里已经不是他的久留之地。

这天深夜有响动，优素福和马赫穆特都醒了，是老鼠的声音。远处隐约传来轮船穿越博斯普鲁斯海峡的汽笛声，但是老鼠的吱吱叫声却更加刺耳。那只讨厌的老鼠终于被胶带粘在地上动弹不得。马赫穆特蹲在那儿发呆，优素福把老鼠装进了垃圾袋，跑到楼下打算扔进垃圾桶。就在这一瞬间，黑暗中忽然涌出无数只野猫朝着垃圾袋冲过去。他把猫赶走了，然后把装着老鼠的塑料袋朝墙壁上猛磕了几下。马赫穆特在楼上的窗子里无言地看着这一切。

整个过程如同一个暗夜里的幽梦，又像是一个凄惨和恐怖的寓言故事。

第二天一早马赫穆特就出门了，他的前妻跟着现任丈夫即将启程移民国外，他默默跑去送行，到了机场又躲在角落里没有说出一句送别的话。回到家时，才发现优素福已经不告而别。房间里打扫得干干净净，被他翻乱的行李包不见了，墙上郑重地挂着那把家门钥匙。这一切好像是在说，我走了，不再回来。

电影以优素福开篇，以马赫穆特结尾。偌大的伊斯坦布尔没有优素福的容身之处，而他的亲戚马赫穆特虽然在这个城市里生活了十几年依然孑然一身。影片结尾是马赫穆特独自一人坐在博斯普鲁斯海峡的寒风中看日落，他的神态、他的身形都像极了城市的孤独症患者。

风大极了，浪也大极了。他却毫无察觉，从兜里掏出优素福剩下的烟盒，用他的打火机点着了烟，使劲儿抽起来，这是之前他们共同生活时他根本就看不上眼的破烟。

　　电影《远方》简洁明了又细致生动。虽然只有两个人的电影，但节奏却很紧凑，两个人的内心都如山峦起伏，迂回曲折，层层叠叠，引人入胜。导演并没有说这部电影的灵感来自于契诃夫，像这样城乡差异的困惑是现代人才有的顽疾，但是他的手法依然会让人想到这位俄国作家，对契诃夫的评论用在这里依然适切，还会让我们悟出电影之外的深意。

　　"他的心灵，生活在现实生活的深处。在这个深处，他观察体验了所发生的一切，然后把这一切的最本质的东西，概括起来，具体化起来，通过人物和人物的日常生活，写出整个时代生活的、政治的、经济的社会全貌和它的脉搏。而所有这些人物，又都和现实生活里的人们一样地生活着，他们按照他们自己的内心律动在思想，按照他们自己独特的性格在行动，他们真实地谈着自己的问题，赤裸裸地表现着自己的愿望，不自觉地暴露着自己歇斯底里的病态，渺小的胸怀和自私的习性，他们的精神面貌，被作者突出地、集中地刻画出来了。"

　　正因为如此，尽管锡兰的电影看起来有一些抽象，没有什么戏剧化的情节，但是一点儿都不晦涩难懂。不是那种庸俗化的文艺片，反而有着朴实而地道的现实主义严谨态度，让你感觉他所描述的每一个细节都有真凭实据，有些稍纵即逝的画面也会引起人的共鸣，一个眼神就让人心领神会。

就像《远方》里，没人会追究离开了马赫穆特家的优素福去了哪里，有没有回家。短短几天的相处不和谐之音早已遍布房间的各个角落，直到老鼠尖厉的叫声在幽暗的夜里响起，观众不由自主地在等待那个告别的时刻降临。

这种极简风格的电影有一种水墨画的韵味，自然自在，张弛有度。避免表面化的情绪渲染，大胆剥下花花绿绿的性格面具和生活外衣，巧妙地、正直而真实地揭露它的阴暗面，无情地暴露生活中的庸俗事物和"使普通人不能自拔的可怕的猥琐的泥潭"，启发我们如何从现实出发，从人物出发，从人物的真实面貌出发，刻画一个时代的精神肖像。

《三只猴子》：被侮辱与被损害的人

比《远方》更真实但是也更彻底的绝望来自于《三只猴子》。

很明显，《远方》脱胎于导演锡兰之前的故乡三部曲，《茧》《小镇》和《五月碧云天》，电影中依稀可见导演对故乡的牵挂、怀念和眷恋，千丝万缕的联系，割舍不断的情感纽带，似乎是竭尽全力想要在影像世界中挽留那个曾经丰富而温暖的富有浓浓人情味的精神家园。

放眼望去，森林、山谷、小村庄，阡陌纵横，鸡犬相闻，稚子田家，邻里和睦，如同一首恬静散淡的田园诗。远去的家乡，引起人淡淡的哀伤，电影中一声叹息，观众心里生出无限怅惘。

然而《三只猴子》彻底割裂了精神上的纽带，永不回头。电影《远方》中，因为有家乡在远方，心里就还有念想，生活就还有诗意。命运仿佛自然界的流动之水，还有无限的可能性，还有希望，哪怕渺茫。但是我们在《三只猴子》里看到的只有一个"笼子"，封闭的、逼仄的、无路可退的、无处可逃的命运之"笼"将电影中的人们紧紧地罩住，动弹不得。

电闪雷鸣的午夜，一辆汽车在盘山公路上飞奔，视野里一片混沌，就听见急速刹车声，有人应声倒地，一场车祸就这么猝不及防发生了。

深夜，老板司机家响起电话铃声，接到电话，司机尤波穿上衣服接受吩咐。"我刚跟律师谈过，应该不会被怀疑的。如果判，少则六个月，多则一年……至少出狱以后你能得到一大笔钱。你知道，要不是我正在选举，也不会跟你开这个口的。"

海边长椅上，两个男人促膝谈心，没有人知道他们正在谈论事关他们的前途命运，一笔罪恶的交易。

"投票前夕要是被人爆料那就前功尽弃了！我的政治生涯就完了，这你是知道的，那些人正想要抓我的小辫子……别担心，就让你儿子继续领你的月薪，等你出狱，我会再给你一笔钱，这样好吗？"

"好的，没问题。"男人似乎想都没想就答应了。

"车就在停车场入口一进去的右手边。"

远处的灯塔一闪一闪，男人一脸的委屈，老板满身惶恐。

男人回到家里，看着床上的妻子还在熟睡中，独自陷入沉思。此时天已大亮了，他松开手掌，手上是一把车钥匙。就这样，他离开了家。

原本这个家已经在悬崖边上尽力地维持着平衡，只要一点儿风吹草动就会彻底破坏这样脆弱的平衡。在男人入狱之后，母子两人每天过着枯燥无望的日子。正值青春期的半大小子伊斯迈很快就跟外头的坏孩子们混在一起了，每天深夜回来，常常满身是血。为了让儿子有点儿正经营生，妻子哈瑟去求老板提前预支一笔钱给儿子买辆车，没想到老板打起了风韵犹存的哈瑟的主意。

这个家庭就这样一步步沦陷了。

铁窗里，父亲对着来探视的儿子没有提到自己，只是认真地叮嘱："你已经浪费了一年了，今年一定要考上大学，知道吗？"儿子低着头哼哼："再看看吧。"一直隐忍的父亲怀疑地问道："再看看是什么意思？"儿子支吾着："爸爸，你别担心这个。"

"什么叫再看看？"尤波始终耿耿于怀。

谁都明了他做出这样巨大的自我牺牲并不是因为效忠老板或是为了自己，显然就是为了这个不争气的孩子。

但是这个孩子注定要一直拖累他。

九个月的牢狱之苦，儿子去看了三次，老婆始终没出现。男人心里已经大致明了。而那辆用老板的钱买的车也明白无误地表达着真相。儿子伊斯迈到底没有考大学，像父亲一样当了司机。即便如此，男人也选择了隐忍，就这样苟活着，承受一切，除此之外也别无他法。

好不容易回到家里躺在床上，幻觉再次袭来。一个小孩踏水而来，表情无辜，抱住他紧紧不放。这是一家人藏在心底的痛——还有过一个小儿子不幸夭折了。

影片最后揭开盖子，男人还是竭尽全力地想要捂住它。很难说清究竟是要保护什么，是伊斯迈还是最后的一丁点儿希望。出狱后他来到熟悉的小酒馆，人们跟他打招呼，他依然形单影只。只有伙计拜兰还跟他聊点儿知心话："我也就是勉强过日子，至少这里很平静，没人来烦我。以前我跟别人租房子，可是我室友老是惹麻烦，酒馆老板让我睡在上头已经够好了，我在这里打工赚钱一切都还过得去。我无父无母又离家这么远……"

谁能想到，同处于被侮辱与被损害的底层社会，拜兰竟成了尤波损害的对象。正是这一番无处倾诉的苦楚，反而给了尤波一根救命稻草，他死命地抓住不放，要拯救的是他自己和他们全家。

尤波出狱之后，老婆哈瑟还想要跟老板继续保持关系，但是老板此时急于摆脱她这个麻烦，她不断地纠缠，老板一味闪躲，最后一次两人见面时，早有察觉的儿子伊斯迈跟踪而至，他不堪其辱，亲手杀死了老板，并向妈妈坦白。

于是影片结尾处我们看到一场和开篇类似的罪恶的交易，只不过这一次从老板和尤波之间换成了尤波和酒馆伙计拜兰之间："既然连这里都可以是你的家，那里不也可以是？有什么区别呢，拜兰？到了冬天这里会很冷，那里至少很暖和，一日三餐温饱不愁。你还年轻，至少出狱后你能得到一大笔钱，可以做个小生意，开个小茶馆，拜兰，你觉得怎样？"当初老板让尤波替自己的车祸顶包，如今他有样学样，让伙计拜兰给他儿子的杀人凶案顶罪。

　　早晨他回到家里，妻子趴在桌子上，儿子躺在床上，全都安然地熟睡着。他来到阳台上，看着远处海面一艘艘大船往来，隐约一阵打雷声，如同影片开始时一样，乌云翻卷，楼底下铁轨上火车呼啸而过，男人肃然独立，电闪雷鸣，倾盆大雨。男人依然站在暴雨中，直至黑屏。

　　这个电影可以说是真正意义上的恐怖片，虽然没有让人毛骨悚然的凶案现场，但是阳光下的罪恶更加触目惊心，就像于无声处听惊雷。老实本分、沉默寡言的尤波对着伙计拜兰振振有词、咄咄逼人，理直气壮地嫁祸于人，导演就这样不动声色地将观众推到了赤裸裸的残酷现实面前。

　　从目前看到的锡兰导演的所有作品中，《三只猴子》可以算是故事情节最曲折的一部了。其他影片当中都没有像这样明确清晰的起承转合，大多数是日常生活的流水账，甚至称不上有什么故事元素。好像电影从开始到结束只是随机抽取了主人公生活的某一个段落，而且也没有赋予它任何特殊的意义。

　　即使是《三只猴子》，相比于其他导演的电影故事来说也是乏善可陈。虽然是依托于两场顶包案，但丝毫没有沉迷于案情和罪行，没有突出那些异乎寻常的人格特质或者戏剧性冲突，就好像是走在大街上随便地找了路人甲、路人乙参加一场真人秀，把他们放到镜头前，恰巧遭遇他们生活中一连串莫名其妙的危机。

孤独的现实，伤痕累累的底层社会，人与人的交易，家庭累积的回忆，相互的背叛，无法言说的经历，遥不可及的梦想。在锡兰的电影中有一种贯彻始终的情绪，就是具有普遍意义的人生悲哀，看似毫不相干又紧密相连的内心通道，让观众与电影之内的角色和电影之外的现实同样息息相通。这是锡兰电影引人入胜，也令人难以忘怀之处，这也是我们这个时代越来越稀罕的那种可以被称为质感的东西。

现实如此残酷，生活还要继续。锡兰的电影里没有鸡汤，反而充满了迷雾和陷阱。所谓的质感就来自于观众从电影中感受到的生活本身的节奏和肌理。对于他人命运的感同身受也是这样的电影给予观众的十分难得的礼物。

依然要用评论家对契诃夫的评价加以说明："他的作品中闪耀着一颗充满热爱的心灵的凄凉的微笑，贯穿着他对生活的深刻认识，明智的公正态度和对人们的同情——不是怜悯，而是一个无所不知的聪明敏感的人物的同情。"

四
田间的风琴已准备好迎接太阳
——赛米·卡普拉诺格鲁和他
的优素福三部曲

《蜂蜜》:优素福的童年和父亲
的田园诗

　　人们在谈到伊朗电影时往往会第一时间提到获得奥斯卡最佳外语片的《一次别离》,但是在更早一些时候,在那些热爱伊朗电影的文艺青年中,认为《小鞋子》才是真正的巅峰之作。那个为了给妹妹赢一双白球鞋想要当第二名却偏偏跑了个第一,难过得一塌糊涂的小男孩阿里,以完全无视镜头的自然流畅的表演将儿童的纯真和生活的无奈展现得淋漓尽致,深入人心。给人的印象是伊朗人非常擅长拍儿童片。有人会津津乐道于他们受到某种限制,但是很显然任何限制都不可能阻挡真正的电影人展现他们的才华和思想，反而由此确立了一种与众不同的艺术风格。《何处是我朋友的家》《随风而逝》《苹果》《黑板》等一批伊朗电影都是从儿童的视角展开日常生活的画卷，平凡琐碎又细腻生动，在波澜不惊的生活意识流中蕴含深刻哲理，娓娓道来，耐人寻味。

相比较而言，世俗化的土耳其电影丰富多彩。回顾历史，展望爱情，分析政治和宗教，解读国际关系和军事战争，每种题材都有堪称经典的代表作。在这些类型中，以儿童为主角的电影常常会被忽略掉，直到《蜂蜜》在第六十届柏林电影节上获得大奖，这类电影才广为人知，人们惊讶地发现，原来土耳其电影中小朋友的世界也是如此色彩斑斓，发人深省。

从始至终没有一分一秒的外部音乐，整部电影全程用的自然音，优素福一家的森林小屋如诗如画，风吹树叶，蜜蜂嗡嗡，泉水叮咚，鸟鸣啁啾，宛如天籁。连人物间的对话也变得多余了，优素福在学校是个沉默的孩子，跟妈妈也几乎无法沟通，只是偶尔会和爸爸耳语。和那些我们所熟知的伊朗电影一样没有太多起伏跌宕的情节，日常生活的流水账和意味深长的小细节铺满了这部自然质朴又极富表现力的影片。

离群索居的三口之家在年轻父母的辛勤劳作和相互扶持

中活成了一首温馨恬淡的浪漫田园诗，儿子优素福沉默寡言，乖巧懂事，上课认真听讲，放学以后手脚麻利地帮爸爸妈妈做事，一家人日出而作、日落而息，按部就班地生活，满怀希望地憧憬着未来。然而美好生活随着密林深处那棵脆弱的树干猝然断裂戛然而止，一连串的省略号将母子推入无望的等待。生活终于露出残酷的一面，因为蜜蜂变少要去更远的密林深处放蜂巢的父亲，牵着那只忠实的白马，踏着清晨的露珠，在母亲的目送下静静地出发，却一直到欢歌笑语家家团聚的最盛大的宰牲节也没有回来。

　　如果说《小鞋子》这样的影片让我们有机会俯下身来，陪伴在孩子们身边分享一段纯真时光，那么《蜂蜜》就是让你不知不觉地回到自己的童年，穿越时空，直面历经坎坷的成长之路，倾听喧嚣尘世中我们真实内心世界的深处。

　　《蜂蜜》比《小鞋子》更像是拍给成年人看的儿童电影。它不是真正意义上的儿童片，处处埋着伏笔，充满玄机，需要相当的人生阅历才能对导演的意图心领神会。尽管小学生优素福是那个贯彻始终的主角，但是年轻父母的在场不只是陪伴和成长的舞台布景，他们其实就是生活本身。

"爸爸,那艘小船呢?"

"它驶向大海了。"

偶尔出现的父子间的对话也是极简短的,三言两语,却让人回味无穷。那可不是故弄玄虚的假深沉,跟故事情节人物命运一样自然而然又出乎意料,让人看到平静生活的波澜壮阔。就好像我们从安徒生童话里读出的社会现实,暗流涌动,生机勃勃。

观众后来看到驶向大海的那艘小船出现在床边的窗台上时百感交集。小小的优素福一抬头无意中发现了好几天以前父亲临走时留下的小木船,总是闷闷不乐的小脸儿上露出了一丝让人心疼的笑意。那是默默盼望了很久的礼物,是父亲亲手制作的小木船,船上已经鼓起了风帆,整装待发,一个即将驶向大海的姿势。

观众看到的这个小木船已经不是普通的小木船了,它变成了一个预言,预示着父子即将到来的永别,预示着优素福即将面对的成长,生活从此不再是自由自在的田园诗了,徐徐展开的是要用一生的悲欢离合去读懂的哲理诗。

　　"爸爸，我也想陪你去森林里放蜂巢。"

　　"你走了，谁来照顾妈妈？"

　　这是心有灵犀的优素福父子最后一次对话。父亲走后，他需要扛起一个家庭的责任。临别时留下的小木船其实寄托了父亲对儿子的期待和祝福，土耳其男人的细腻和坚韧在这对父子身上得到了充分的展示。和那些战争电影中骁勇善战、勇猛彪悍的土耳其男人不同，在《蜂蜜》和它同类型电影中塑造的土耳其男人都是善良，温厚，爱家庭，爱孩子，吃苦耐劳，心灵手巧，内心极其丰富，外表深沉质朴，默默承受现实的苦难深重，勇挑生活重担的形象。

　　优素福其实早就知道爸爸给他做了小木船，父子间相处最多的地方是爸爸的工作间。优素福的父亲以养蜂酿造蜂蜜维持一家三口的生计，到森林中高高的大树上寻找蜜蜂放置蜂巢是日常的工作，需要的大部分工具都要自己亲手制作。工作间打理得井井有条，还搭了一个透明塑料门帘，看上去就像个童话玻璃房。这是优素福最爱去的地方，不忙的时候爸爸会把他放在膝盖上两个人说上半天悄悄话，享受亲密无间的天伦之乐。每天放学之后优素福背着小书包踩着泥泞一路狂奔回家，第一件事就是去工作间找爸爸。

　　有一天放学回家优素福没有看到爸爸，不过他在摆放得整整齐齐的工具架上发现了爸爸隐藏的小木船，那时候还只有船身，第二次再去时他就看见小木船有了桅杆，就这样心里装着满满的欣喜和期待却并没有开口询问，似乎是懂得那个小木船是送给自己的一个惊喜，所以只是默默地等待并不急于点破年轻爸爸的小秘密。不过到底还是个孩子，等待实在是太漫长了，有时候会失去耐心，这期间他误以为爸爸把小木船送给了自己的同学哈迪姆，于是想办法在学校用幼稚的手法报复了哈迪姆，哈迪姆遭到老师的批评，优素福又为此感到深深的内疚。

　　在父亲走后，当他发现了那只做工精巧的小木船赫然摆在自己床头的窗台上，他又毫不犹豫地将这个无比珍贵的礼物送到了病中熟睡的哈迪姆的枕头边，自己一个人悄无声息地离开了。

　　类似这样让人五味杂陈百感交集的细节充满了整部影片。人与人之间的情感不是用繁琐肤浅的语言来表达的，喜怒哀乐、友情亲情、彼此的依赖、相互的扶持都是透过无声但是又实实在在的行动诗意地传递出来。整部电影的动人之处不只是独来独往的优素福的各种错综复杂矛盾纠结的小心思，而是由他串联起来的行云流水的日常生活和世外桃源般的人情社会。

在这里丝毫没有我们某些国产文艺片里故作高深的小资矫情劲儿，优素福一家三口的底层生活也从来没有表现出那种歇斯底里、气喘吁吁、怨天尤人的挣扎，反而是从房间的布置到生活的姿态都充满了尊严和优雅的美感。

节奏舒缓但是不拖沓，气氛沉静但是不沉闷，色彩缤纷绚丽又简洁明快，就像土耳其随处可见的乡间小作坊摆放的那种工艺品，一眼看上去拙朴大气、浑然天成，细细品味又会发现独具匠心的设计。身处欧亚大陆交汇处又急于寻求欧洲身份的土耳其在《蜂蜜》这样的电影中有意无意地以一种含蓄隽永的艺术风格展现了自己极富东方魅力的性格特质。以至于它常常会让你联想到 20 世纪 90 年代巅峰时期的韩国电影和紧随其后风靡世界的韩剧，特别是这一类影视作品中时常出现的那种富有象征意义的小道具也是同样地深入人心。既是画龙点睛之笔也是开启人物丰富内心的万能钥匙。

在电影《蜂蜜》中，让优素福心心念念惦记的，除了父亲精心制作的小木船，还有老师摆在教室讲台上那个玻璃缸里的小红牌。哪个同学读课文读得好，老师就会当着全班同学的面在他胸前戴上一个小红牌，哪个同学考试名列前茅，老师也会在他的胸前戴上一个小红牌，全班同学都会为他鼓掌祝贺。小红牌在小小年纪的孩子们心里属于至高无上的荣誉，优素福每天都默默努力积极表现，希望自己有一天也能像那些幸运的同学一样得到那枚神圣的小红牌。

然而无论他怎么努力，希望总是一再落空。

一直到影片结尾优素福才终于如愿以偿。老师让他读课文，他一如既往读得磕磕巴巴，然而却意外得到梦寐以求的荣誉，老师亲手给他挂上透明玻璃缸里最后一枚小红牌，全班同学为他鼓掌。他踏着泥泞疯了似地狂奔回家，想要第一时间把好消息告诉妈妈，潜意识也希望失踪的爸爸会因此回来，但当他好不容易奔到温馨的森林小屋门口，却看见被一群人环绕的妈妈失声痛哭。那一刹那这个聪明的小孩明白最最亲爱的爸爸永远不会回来了，而刚刚得到的那枚小红牌其实不过是善良的老师给他的一个安慰。

他二话不说扔下书包背朝着森林小屋向远方跑去，像个受伤的小野兽冲入丛林深处。他对森林如此熟悉，到处都是和爸爸一起踏过的足迹。他相信凭着自己的力量一定能找到那个全世界最疼爱他也是唯一懂他的人，然而遍寻不见，他在森林中迷路了。

夜幕降临，万籁俱寂，神秘梦幻般的烟雾缭绕，这个倔强的小男孩竟然靠在一棵树边安安静静、踏踏实实地入睡了。影片在此戛然而止，电影仿佛进入孩子的梦境，留下无尽的想象……

《蜂蜜》还可以有一个副标题叫"梦的解析"，影片开始处呈现的就是年轻父亲在密林深处找到蜜蜂的栖息地，他用绳子绑住自己的身体向几层楼高的树顶爬去，但是突然听见不祥的声音，眼看着树干就要断裂，父亲命悬一线，孑然一身，挂在半空中的那张年轻的脸写满了慌张和绝望。紧随其后的镜头是家中小床上的优素福猛然从梦中惊醒，故事由此处展开。

观众宁愿相信那只是一场可怕的梦境。正因为如此那个让优素福在丛林深处熟睡的画面感人至深，他让整部电影在揭开了生活的残酷真相之后依然留下一抹慰藉人心的暖色。就像在等待中妈妈安慰小优素福时为他描述的那个美妙梦境："我梦见我们两个一起和爸爸到森林里去放蜂巢，在河边我发现了一朵非常美丽的小野花，我把花带回了家，然后发现咱们家的院子里到处都长满了这种小花。"

灾难突如其来、毫无征兆，成长之路如此艰险、扑朔迷离。支撑母子两个在猝不及防的巨大灾难面前没有倒下去继续生活的勇气来自三个人日积月累的相互依赖和深沉的爱。

在父亲的小木船、老师的小红牌之外，还有一样道具在电影中反复出现，每餐饭妈妈都会为优素福准备一杯牛奶。像很多小孩一样，优素福不爱喝牛奶。电影里第一次出现全家人的晚餐，昏黄的灯光下，雅致恬静的小厨房里呈现出古典油画般的温馨场景：妈妈在盛汤，爸爸和优素福坐在漂亮的小餐桌边轻声耳语，妈妈让优素福喝牛奶，优素福正发憷，爸爸趁妈妈转身的工夫喝光了一杯牛奶，父子两人会心一笑。

父亲走后，每餐饭都变得食之无味，那杯牛奶更是成了沉重的负担。看见它就会让优素福想到和父亲相处的欢乐时光。最初的等待还充满希望，妈妈在饭桌边安慰优素福，然而时间越久等待越是难熬，森林小屋周围有一丝响动，优素福都会跳出去看个究竟。但是爸爸回家的希望变得越来越渺茫了，妈妈开始在床边哭泣，在饭桌边发呆，小小的优素福不知道该怎么安慰妈妈，于是他鼓足了勇气捧起了那杯牛奶，铆足了劲儿一口气喝完，把空杯子亮给妈妈看，然而此时魂不守舍的妈妈完全顾及不到优素福的努力了。

让人心疼的不只是优素福在本该无忧无虑的童年经历了这场突如其来的重大变故，电影丝毫没有渲染悲剧的发生，灾难降临之时没有捶胸顿足、痛不欲生，所有人的情绪都是如此含蓄、内敛和节制，因此才更让观众感同身受，回味无穷。

　　让人安慰的也不只是优素福在悲剧降临时无尽的思念和默默的承受，电影中的优素福原本是一个距离我们如此遥远的土耳其乡村儿童，然而他的沉默寡言和他的丰富内心都让我们回想到我们自己的童年曾经驻扎过的那颗孤独星球。时间久远渐渐淡忘了，他却如此传神地真实再现了我们一路走来成长旅途中的悲欣交集。

　　让人肃然起敬的不只是艰难岁月里的辛勤劳作和忠实守护，日常生活的一丝不苟、秩序井然、温馨和谐。就算是父亲走后漫长的等待中，年轻妈妈依然倾尽全力维系着这个小家庭原有的气氛和品质。两个人的厨房虽然显得有点儿冷清，但是那一张红花点缀的漂亮桌布连同同样花色的妈妈的头巾还是会让人感到一如既往的温暖和踏实。那种充满爱心和温暖人情，富于美感和启示的生活寄托了人们发自内心的追求。如同风过处树叶的沙沙声，即便是黑暗来临之时，自然也总会顽强支撑着复苏的力量。唯其如此观众才能和森林深处的优素福一家同频共振。

　　在优素福和观众的心里，在这间远离尘嚣的森林小屋，父亲的在场贯穿始终。电影的结尾之所以还能让人感到希望和力量,不仅是因为观众愿意陪伴优素福走入梦境,那个和儿子一样少言寡语的年轻男人在潜移默化之间早就给优素福的成长烙下了深深的印迹。

影片最初的段落就描写了父亲受伤养病在家和优素福有了相对长时间的相处,他把儿子抱在怀里,为他穿上亲手制作的小鞋子,嘱咐他要用心爱护,因为他只有这一双鞋;父亲为了让优素福不被母亲责备帮他喝了牛奶,但同时又要他帮自己切苹果;伤好之后父亲带上优素福到森林里去放蜂巢,教他认识各种花草树木,认识变幻莫测的大自然。父子间的相处亦师亦友,这种关系给了优素福安全感的同时也让他有勇气经受考验。

即使是父亲还没离开的时候他也已经是这个家庭里一个可靠的帮手和忠实的伙伴了,他能熟练使用各种工具协助父亲完成放蜂巢的工作,当父亲在野外突发癫痫的时候他也能为他缓解病痛,在密林深处他把父亲抱在怀里放在膝头的场景让人瞬间融化。

有报道指出,电影《蜂蜜》在某种程度上具有半自传风格,影片中优素福父子的关系与导演赛米·卡普拉诺格鲁和他父亲相处的模式有很多相似之处,导演从小也时常跟随自己的父亲外出工作。

在谈到这部影片的主题和创作风格时赛米·卡普拉诺格鲁说："我想表达的是人们生活在自然中的一种共处的平等、和谐状态，是一种享受的关系。因为这样的主题，所以我选择了用长镜头来拍摄整部影片。我觉得音乐没有必要出现在我的电影中，自然的声音最好。这样的影片，用纯自然的声音最有说服力。虽然我在影片中反反复复地展示了自然的可怕和人类的渺小，可是我最想表达的还是自然的优美和宁静。无论这里曾经发生过什么，树还是树，草也还是草——返璞归真的自然没有变化。"

为了完美地表现这一主题，导演选取了黑海附近一个小村庄作为故事的发生地。这里的人们大部分都从事着采蜜的工作，他们生产的蜂蜜是世界上最昂贵的蜂蜜，据说还有一定的药效，不过这些在后工业时代坚持"刀耕火种"生产方式的蜂农生活依然极其艰苦。赛米·卡普拉诺格鲁说："这部影片是为了记录那些善良的蜂农拍摄的。他们生活在土耳其的山区，交通不便，需要有人记录下他们的生活。"

观看这部影片的过程就像欣赏一幅幅具有浓郁民族特色的风情画，导演其实并没有刻意挖掘和展示那种概念化的民俗符号，电影的与众不同也正在于此：一方面，观众对优素福的成长历程产生了强烈共鸣，对大自然的敬畏与人生反思油然而生；

而另一方面，他们又为森林小屋的风吹草动之间弥漫出来的土耳其独有的文化气息所陶醉。

　　导演在接受采访时承认影片中很多内容直接来自于拍摄地，"特别是诗歌、民谣和舞蹈"。他还强调："正是在和当地人的接触中，我渐渐了解到了优素福这个人物身上的历史意义和文化传承。我们对他所要了解和感知的东西的认识更加深刻。"在导演看来，难能可贵的是"这里的人们还遵循着古老的生活传统——这些生活的习惯"。

　　镜头所到之处全都是可以入画的风景。无论哪一个画面都闪耀着古典主义的光芒。与其说这个风景迷人的黑海小村庄为电影提供了一处超凡脱俗的外景地，不如说电影在这里找到了自己的灵魂栖息之所。《蜂蜜》里没有出现那些众所周知的嵌入式标签化的文化符号，文化传统中提炼出的精髓反而得以原汁原味地表现出来。简而言之，当观众来到世外桃源般的森林小屋，他们其实已经到达了土耳其现实社会的腹地。

　　《蜂蜜》让人相信电影有时候也可以是沉默的艺术，和戏剧相反，不需要过多的台词和解释，真相就这样直截了当地映入眼帘。祖先的精神，父辈的信仰，孩子们的内心世界，千变万化的风景，在这部电影里都变得有味道和易于感受。电影开篇就是父亲牵着白骏马出现在阒无一人的密林深处，年轻的父亲大多数时候都是孤独的，和他相伴始终的只有白马和黑鹰，那只养在床头的鹰机警又忠实，平日里它能给上学的优素福指路，外出寻找蜂巢的时候它又是一个高效的导航。这样彻底回归自然的生活方式并没有让这个土耳其男人看上去原始落后，倒是赋予他一种诗意、空灵和神秘的力量。

父子相处的第一个镜头是从优素福读日历开始的。这个平日里有着严重的阅读障碍的孩子为了唤醒沉睡中的父亲，口齿清晰表达顺畅自如：2009 年 10 月 22 日星期四，春天开始后的第 170 天，今年的第 295 天，白昼将缩短三分钟。凡事给人方便，不让人为难，以祝福取代憎恨。

有时候深夜醒来，优素福会看见父亲跪在床边虔诚地祷告，说明支撑这个年轻男人在艰苦岁月中默默承担着养家糊口重任的力量来自于传统的宗教信仰。类似的细节自然融入电影里日常生活的衣食住行，稍不留意就会错过。

《蜂蜜》在第六十届柏林电影节上获得金熊奖，评委会主席赫尔佐格称，他们做出这个决定——将金熊奖授予这部电影——连十秒钟都没用。获奖之后导演赛米·卡普拉诺格鲁在回应关于电影节奏过于缓慢的批评时表示，他拍电影从来不习惯去讨好观众,他说他"喜欢把电影完成之后才想到观众,看到这部电影他们会是什么样子"。事实上更为难得的是,这部参展影片也没有流露出一丝一毫讨好评委的态度,一个显而易见的证明就是导演手中握有大量富有土耳其特色的素材,可是他自始至终并没有借此炫耀和卖弄。

《蜂蜜》毫无疑问是一部精品,它以极富艺术表现力的影像语言实践了对内心世界的探索。同样是作为节奏缓慢、故事情节稀薄的文艺类影片,它既有别于那种建立在文学想象基础上的影像表达和脱离生活、笨拙的支离破碎的图解,也全然不同于那些故作高深的观念电影。它个性鲜明又平易近人,通俗易懂又让人浮想联翩。透过电影,观众会感到扑面而来的生活的热浪和"呼吸的颤动",而与此同时,影片中每一个形象又似乎都被一种神秘气息所笼罩。

每一组镜头,每一个动作,每一个远景和灯光都如同诗歌一样,充满转瞬即逝的细节场面的视觉连续性,展现出一种朦胧的诗意和沉静的美。导演的才华体现在他对本民族文化传统的无比珍惜和深信不疑,来自土耳其底层社会的深刻现实和文化自信,凝成了这部电影的创作主题,也形成了它独具魅力的艺术风格。

《鸡蛋》：优素福的《回乡偶书》

　　《蜂蜜》的导演赛米·卡普拉诺格鲁在国际影坛的名气远不如他的同行努里·比格·锡兰那样声震八方。虽然同样在欧洲电影节获了大奖，而且也都是以讲述当下土耳其寻常百姓日常生活为主，叙事风格一样的平和冷静，他们的电影语言也都带有诗歌的韵味，含蓄隽永，富于哲理，其中也饱含着对自己国家和民族文化的真诚和激情，正是这些让他们赢得观众和评委的尊重和欣赏。但是和锡兰导演动辄三个多小时的鸿篇巨制比起来，赛米·卡普拉诺格鲁的电影显得更加简洁明快、生机勃勃，画面偏暖色调，有烟火气，有人情味儿。锡兰的电影发灰，景色萧条凋敝，看上去有点儿阴冷落寞，有审视、反思和批判的意味。尤其是导演自己常常会披挂上阵，很多影片里都能看到他那瘦削孤单的身影，其他主演身上也或多或少地带有他的气质，电影的个人色彩十分鲜明。看锡兰的电影有时候需要点儿勇气，翻山越岭，迂回曲折，还需要点儿运气，才有可能柳暗花明，豁然开朗。

赛米·卡普拉诺格鲁相对来说像是个耐心友善的导游,乐于也善于分享他游历的风光。有时候他也会在自己的影片中放一些暗号,就像放在十字路口的指路牌,让人们能够按图索骥,去到他全心全意建造的那个理想之境,而不至于迷路,半途而废。他的电影里人物关系也并不复杂,不过相互之间关系紧密。你能感受到彼此的关注,惦念,温情脉脉,心与心朝着一个方向靠拢的努力。即使是孤单一人,也总有爱与善的情感和他联接。看这样的电影自然会让人感到安慰。

让赛米·卡普拉诺格鲁声名鹊起的是他的"优素福三部曲"——《鸡蛋》《牛奶》《蜂蜜》。我们也许很难再找到类似这样抽象又实在的电影标题了。导演说之所以选择这三样食材作为标题是因为它们都是土耳其人家家户户的餐桌必备,由此可见他想要通过电影真实反映土耳其人社会生活的初衷。这个三部曲像是一幅拼图,从第一部《鸡蛋》中中年优素福回老家给母亲奔丧,到第二部《牛奶》中优素福与母亲相依为命共同生活的青少年时代,再到最后一部《蜂蜜》才彻底还原了这个家庭最初的模样。

《鸡蛋》的情节走向和锡兰的《五月碧云天》有点儿相似,都是讲的在繁华的伊斯坦布尔生活的中年男人因为各种原因回到自己生长的穷乡僻壤短暂停留期间发生的故事。准确来说，并没有什么故事情节，只是一些日常生活的记录，所以都带点儿纪实的手法。

所不同的是，《鸡蛋》里的优素福是为了母亲的丧事回家，他是奔着人去的，随后发生了一系列事情让他有机会了解母亲对他的感情，这感情他久已忽略了，他在那儿也和周围的人们发生了不同形式的情感联结，既有少年时代的友情和爱情，也有正在萌生的新的情感，他渐渐融入了故乡的生活；而《五月碧云天》里的穆扎夫是个没有什么资金却想要拍电影的导演，他回家的目的是想用他的父母和穷亲戚们做免费的演员，当然田间地头到处都是合适的取景地，他是奔着事儿来的。在整部影片中他都躲在摄影机的背后，顽固地坚持着他的旁观者的立场。我们无法判断到底是原本的性格还是在陌生城市里长年漂泊的缘故，他本能地和别人保持着相当疏远的心理距离。

《鸡蛋》里的乡居生活安详恬淡，秩序井然，充满了温馨的怀旧色彩。初恋女友远嫁安卡拉，离婚之后又回来做了一名小学老师，讲课有声有色。儿时的发小在街边开了一家老式咖啡馆，生意不错，家庭生活也称心如意，夫妻和睦，儿子乖巧懂事。优素福在故乡遇到的每个人都过得心安理得，心满意足。虽然他们看上去都再平凡不过了，生活也一如既往，乏善可陈，但是优素福不由自主地开始羡慕他们那种按部就班又有滋有味的日子，而且不知不觉地从他们身上感受到一种让人踏实的力量。短短一两天的时间，他也重温了独自守在家乡的母亲对他的深深的牵挂。通过朋友们有意无意的讲述，他了解到母亲一直都以他为骄傲，甚至还以他的名义将他出版的诗集送给朋友们，他在冰箱上还发现了母亲贴在那儿的一张旧报纸，那是他多年以前出书获奖的消息，照片上的他和现在判若两人。

故乡由远及近。这一趟返乡之旅对优素福来说远不只是奔丧怀旧，他在这里重新发现了一个"寻找回来的世界"。父亲去世之后一直和优素福的母亲相依为命的女孩埃拉最终让优素福决定留下来。原本是一个结束，一场告别，最后变成了一个开始，一次重逢。

优素福在故乡的开篇是守在刚刚去世的母亲床头注视着全身盖着洁白床单的母亲的遗体，结尾的段落是优素福和埃拉两个人坐在厨房的小餐桌边，有滋有味地吃早饭的场景。

埃拉是那个起决定作用的人，她也可以算是优素福母亲的代言人。母亲的去世显然对她来说也是一个沉重的打击，甚至比优素福看起来更为悲痛。她把母亲的遗物原封不动交给了优素福，又见缝插针地跟他回忆母亲生前的点点滴滴。这其实也是他们两个人唯一的也是最紧密的联系。正是在埃拉的讲述中，优素福去世母亲的形象变得逐渐鲜活、清晰起来。卧室里摆放的那些花儿在寂寞的日子里给了母亲慰藉和陪伴。这盆花是优素福，那盆花是优素福的父亲，另外一盆是一个老朋友，这个独居老人把自己对亲人的思念寄托在鲜花身上，每天都会跟他们说话，想象中亲朋好友全都围绕在自己身边，就这样一个人也把日子过得丰富充实。类似这样的细节耐人寻味又真实可信，优素福在其中得到某种启示。

在这场短暂的旅行中优素福和埃拉共同经历了一场土耳其婚礼、一次传统的宗教祭祀，他们还去拜访了一个共同认识的远亲，在那里被误认为是新婚夫妇而受到了热情接待。有一种微妙的情绪在两人之间潜滋暗长。埃拉的身上自然而然带有优素福母亲的影子，同时她还是现代土耳其乡村的真实写照。这个拒绝了同学的求爱、正在念大学预科的女孩诚恳朴实，含蓄内敛，尊重传统，同时又有开阔的视野，对当下的生活脚踏实地，对未来也满怀憧憬。

影片中唯一一个戏剧化的情节发生在优素福按原计划离

开家乡返回伊斯坦布尔的路上。因为过于疲劳他把车停在路边在野外昏睡过去,醒来已是深夜,万籁俱寂,只有一条野狗守在他身旁。黑暗中他和狗对视良久,突然之间号啕大哭。母亲去世时他都没这么哭过。这个场景好像是个寓言,又像是猝然面对了自己在陌生大城市里独自漂泊的凄凉晚景。这次遭遇让他做出了一个重要选择,第二天天一亮他就踏上回家的路。

带他回家的不只是埃拉和母亲,他在家乡遇到的每个人都让他强烈感受到久违的温情。在优素福母亲的葬礼上帮忙打水的小男孩跟埃拉相处得如同姐弟,他趁埃拉不注意把葬礼上优素福给的酬金又还给了他;优素福和埃拉一起去拜访的那个远房亲戚已经老得认不出人了,但还是拿出家里所有的土特产招待远方来的客人。导演对传统文化的真诚笃信体现在出神入化的细节运用。看上去信手拈来,却绝没有一处闲笔,每一笔都是神来之笔。正因为如此,影片结尾优素福回到老宅,回到埃拉身边的选择让人感到出乎意料,细细琢磨,又在情理之中。

然而,同样从伊斯坦布尔返乡的锡兰作品《五月碧云天》里的那位穆扎夫导演可就没有这么幸运了。和《鸡蛋》里优素福的亲友们安之若素的状态截然相反,穆扎夫在家乡遇到的所有人都处于一种孤独、焦虑、浮躁、不安的境遇,像是被困在笼子里的野兽,每个人都竭力挣扎,每个人都对现状怀有强烈不满,每个人都有自己想要实现的强烈愿望。

穆扎夫的侄子阿里想得到一块电子音乐手表,他的表弟塞利夫想逃离乡村到伊斯坦布尔去见见世面,他的父亲伊明拼尽全力想要保住自己的一块土地不让地方官拿走。在这部电影中人与人之间的关系是疏离的,也是紧张的,每个人都是一个孤岛,彼此之间心存芥蒂。其中最典型的是穆扎夫和他的父亲。在这一次短暂的相处中,父子两人几乎没有情感交流,两人都沉浸在各自的心愿里。穆扎夫要抓紧时间完成电影,而他那被迫充当主演的白发苍苍的老父亲一心想的是自己做律师打官司捍卫自己的土地。穆扎夫对此毫无兴趣,甚至为了布景来到父亲的地里都不情愿帮忙做一点儿农活。长时间在伊斯坦布尔的生活已经让他和生养自己的这片土地彻底失去了情感的联结。对他来说,这是一片陌生的土地。

在电影中,优素福和穆扎夫生活的伊斯坦布尔有着非常鲜明的象征意义,象征着现代化的土耳其一路狂奔、飞速向前。身处这样的时代大环境,人们都需要做出自己的选择:优素福选择回归传统,而穆扎夫拍完电影还是要回到现代化大都市伊斯坦布尔。有意思的是,《五月碧云天》的续篇《远方》(《乌扎克》)

里那个背着包袱从乡下来到伊斯坦布尔闯世界的农村青年也叫优素福。然而满怀希望地来到大城市的优素福手无寸铁，只用了很短的时间他就明白他一心向往的这个城市里其实并没有他的一席之地，最终他还是离开了伊斯坦布尔回到了自己的家乡。

应该说《远方》里的优素福和《鸡蛋》里的优素福境遇有所不同，在《鸡蛋》里，优素福是一个从小就显露才华的诗人，他出过诗集，经历丰富。他在伊斯坦布尔已经开了一家旧书店，如我们通常的说法，他经过打拼已经在这个城市站住脚了。他的处境其实和《远方》里优素福的表兄马赫穆特更相像。值得一提的是，《远方》的结尾是在优素福不辞而别之后，马赫穆特到机场默默送走了前妻，独自来到大海边，一个人坐在寒风中望着日落，落寞地点起一根烟。人到中年一无所有，在这个城市里他没有亲人、没有感情、没有生活，是城市的孤独症患者。也许正是因为看到了和马赫穆特极其相似的人生悲剧，《鸡蛋》里的优素福最终选择回乡，这一点倒是和《远方》里的优素福殊途同归。

农村—城市—农村，故乡—异乡—故乡，传统—现代—传统。类似的主题和路径频繁出现在为数众多的土耳其电影中，观众有机会从一个侧面去了解当前土耳其的社会发展和民心所向。

《羊群》：安卡拉不是我的家

和锡兰的电影绝大部分以男性为主，故事大多发生在男人之间不同，赛米·卡普拉诺格鲁的"优素福三部曲"有两部半的篇幅都在讲述母子间的情感，只有最后一部《蜂蜜》里出现了父亲的身影。而《五月碧云天》里的叙事线索是发生在父子之间的，尤其是影片导演锡兰的父亲扮演的那个父亲形象，他的强硬个性和对土地的执着让人印象深刻。这一点在土耳其影片中也是很有普遍性的，出现在大多数电影里的父亲形象都是强势和正统的，他们是传统的象征。

《五月碧云天》里的老父亲伊明很容易让人联想到土耳其20世纪70年代末的一部特别有名的老电影《羊群》，当年《羊群》在世界多个电影节上获奖。影片中的父亲豪穆尔不仅有着跟伊明一样执着强悍的性格，连外形看起来都神似，都有鹰一般桀骜不驯的表情，瘦削挺拔的身板儿，步履坚定，精神矍铄。比起那个在衰败乡村中无可奈何、孤军奋战的伊明，他显得更为强势，就像部族长老一样严格控制着自己的大家庭和整个村庄。

让豪穆尔耿耿于怀的是他所在的村子威斯康村和邻村哈利兰村之间的血海深仇。多年来两个村子相互仇恨，而他的长子希瓦竟然娶了哈利兰村的女孩柏瑞文，两人感情甚笃，可是柏瑞文身体不好，多次流产之后失语了。豪穆尔对哈利兰村的满腔仇恨在日常生活中转化为对身边的希瓦和柏瑞文的极度反感。他不仅对柏瑞文恶语相向，他还时常对企图保护柏瑞文的希瓦拳打脚踢，健壮成熟的儿子只能护住头，任由他打骂。

他一方面依然顽固地凭借着自己父亲的权威和部族长老似的地位解决家庭矛盾和部族纠纷，与此同时他内心深处其实也已经隐隐感到自己的无能为力。现代化的车轮滚滚，迅速碾压他的土地，他的草场，他的村落，他习以为常的社会和生活秩序，一切都意味着他的时代即将无可挽回地逝去。

时隔数十年后再回头看这部《羊群》还是非常令人感慨的。影片散发着20世纪七八十年代迷人、沉静、质朴的味道。既不是当下时髦的知识分子的乡愁影片，也不是纯粹的现实主义风格，很多场景如同老画报上的旧照片，充满了浓郁的土耳其风情和乡土气息。广袤的土地，漫山遍野的羊群，部落聚居般生活在一起的牧羊人，如泣如诉的民间音乐，带有强烈情感的纪录片风格的画面，为人们真切还原了时代风貌。

影片中具有象征意义的推土机毫无征兆地出现了两次，分别迎着骑在马上的儿子希瓦和父亲豪穆尔的眼神与他们相向而行。儿子的眼神里写满了困惑，而父亲的眼神里是淡淡的忧伤。现代文明和外部世界已经不期而至，豪穆尔满怀着对哈利兰村的仇恨，却并没有意识到他面对的是更为强大和不可阻挡的敌人。

当传统牧羊人装扮的一行人赶着三百头羊风尘仆仆地穿行在首都安卡拉繁华的大街小巷，影片出现了一种别有用心的荒诞设计。喧闹的都市，鳞次栉比的高楼大厦，穿着时髦的青年男女，车水马龙的街道，豪穆尔和他的孩子们就像是穿越时空隧道的古代人。所有人都忍不住驻足观望。

这一幕让人看着挺心酸的。大山深处那个威风凛凛的豪穆尔在这儿看上去渺小卑微。一路上他们都处于被剥夺被侮辱的地步，即使是豪穆尔也不得不低三下四。为了谋生他们必须到城里卖掉仅有的财产，三百头羊寄托着全村老小生存的希望。但是从赶着羊群上火车开始他们就落入了任人宰割的境地，就像他们赖以为生的羊群一样。

　　铁路警察和防疫站的官员明着跟他们索要贿赂，火车司机嫌弃他们孝敬的羊太少，在行驶过程中不断拉闸紧急刹车让羊群受惊生病，漫长旅途中还有合伙作案的劫匪，眼看着羊的数目越来越少，老豪穆尔忍不住捶胸顿足，对天哀号："贼！你们这帮贼！强盗！你们这群强盗！"可是一切都无济于事。

　　好不容易到了目的地，大儿子立即跟他们分道扬镳。他答应帮父亲送羊进城只是为了给重病的妻子求医问药。然而就如同豪穆尔守不住他的羊群，希瓦也救不了他的妻子。身无分文的希瓦天真地以为凭着自己年轻力壮也能在大城市里为妻子挡风遮雨，打拼出一片属于他们自己的天地。他们栖居在一个穷亲戚为他们提供的未竣工的豪宅工地里，穷亲戚一家人都在这里生活，看起来还挺享受都市文明。他得意洋洋地为希瓦介绍豪宅的布局："这儿是洗澡间，这儿是客房，这儿是客厅，这儿是主人卧室……"他们全家还带着希瓦和柏瑞文去夜总会看西洋景。台上浓妆艳抹搔首弄姿的女演员和台下穿着传统民族服装弱不禁风的柏瑞文形成鲜明对照。理想和现实的对比也是如此鲜明。穷亲戚只是工地的看门人，房子四面漏风，只能挂上毯子当窗户，城市里的大医院人满为患，私立医院费用昂贵。希瓦还得回头求助父亲豪穆尔要钱。

然而柏瑞文到底还是死了,这个十八岁的乡下女孩好像已经预感到陌生的大都市里没有自己的未来,又好像是对不公平命运的无言抗争。一天早晨起来希瓦望了望窗外生机勃勃的城市,一回头却发现妻子已经悄无声息地死去了。

他再次求助父亲,但是这一次豪穆尔拒绝帮忙,他拒绝给这个至死都被视为不祥之物的儿媳办丧事,实际上牲口贩子也拒绝为他们千辛万苦送来的羊群付款,当希瓦央告父亲的时候,牲口贩子还在一旁说风凉话,满腔愤怒和绝望至极的希瓦痛打了牲口贩子,被随即赶到的警察拉上了警车。

影片最后豪穆尔带着小儿子给柏瑞文的哥哥们发了电报,通知他们过来处理后事。随后他带着小儿子走入城市的人流之中,他大踏步地向前走,像是终于解决掉一个棘手的难题,但是突然之间他又意识到了什么,回过头来,发现一直跟在身后的小儿子不知什么时候已经消失得毫无踪影。他疯了似地独自在人群熙来攘往的大街上狂奔,镜头拉远,影片结束。

《羊群》和我们之前提到的那几部影片相比,有一个很大的不同就是它有十分直接明确的历史指向性。从具体的历史发展阶段来说,它客观反映了它所在的 20 世纪 70 年代土耳其的社会现状。然而这显然并不是影片所要着力表现的主题。就像我们在结尾看到最终真正背叛豪穆尔的其实是小儿子斯洛，虽然贯穿始终的是父亲和长子之间因为儿媳产生的重重矛盾，但是那个看上去一直站在父亲一边的少年其实从一开始就打着自己的主意。在家乡的时候斯洛就已经暗地里和小贩做起了文物生意，他用在山里发现的画着古代岩画的石头换了厚厚的钞票独自带在身上，虽然在火车上被妓女全部偷走变得一文不名，他还是决定离开父亲留在城市。

影片最后豪穆尔已经一无所有了。整个故事的进程就是展现他一步步失去的过程，他失去了土地，失去了家庭，失去了权威，失去了生存的尊严和希望，就像希瓦在离开村子的那个晚上告诉妻子，他们的土地已经被犁过了不能再种牧草。而此时走街串巷的小贩也带来了越来越多的外部移民进入他们世代居住的村子的坏消息。

每个段落都带来新的耻辱和屈辱，到处都是冷漠和沮丧。影片并没有做解说，不加评论，不事说教，它展现一系列事实和具体情境，在这些系列中，单个镜头完全可以互换，因为镜头之间没有因果关系，逐步提示的更深层的内在联系则是人的悲惨处境。

影片中多次响起如泣如诉的鼓声和歌声，电影就是一曲悲歌,一曲挽歌,预示着豪穆尔所代表的一个时代,一种生产和生活方式,以及历史悠久的传统都在世俗化进程和现代化发展中走向衰败。没有人忍心设想现实生活中的豪穆尔会是怎样的结局,这已经不重要了,观众可以强烈感受到影片想要表达的一种思想或是一种情绪,当然还有一个方向,一种趋势。

《我的父亲,我的儿子》:当传统和现实遇见未来

今天再看这部很多年以前的电影会发现一个耐人寻味的变化。在《羊群》中,主人公的选择无一例外地表达了对父亲和他所代表的传统秩序和道路的彻底否定。无论是出于什么原因,人们似乎都急于离开乡土社会,急于告别传统,急于摆脱过去时代的烙印。但是时隔四十多年后我们在土耳其的电影中看到的却是另外一种观点和态度,特别是以优素福三部曲为代表的一系列影片中所塑造的父亲形象,不再是僵化教条、冷酷无情、顽固落后、威风凛凛的旧家长形象,而是勇于承担、默默奉献、善良忠诚,对家庭和社会尽职尽责的好男人形象。父子

之间也不再是控制和背叛的剑拔弩张的关系，而是充满了温情脉脉的怀旧色彩。父亲如同一棵参天大树，撑起了整个家庭的全部希望。

在这些影片中，土耳其查恩·厄尔马克执导的《我的父亲，我的儿子》是一部脍炙人口的经典之作。相对于"优素福三部曲"和锡兰的大部分电影中弥漫的那种诗意的和扑朔迷离的艺术气息，这部电影看上去更像是一部中规中矩的故事片。线索清晰，结构简单明确。传统叙事风格，就像电影题目一样，没有任何悬念，直截了当地表达了主题和故事内容。

电影在最开始的短短五六分钟之内就迅速交代清楚了整个故事的来龙去脉和时代背景。萨迪克是一个记者，工作中吃尽了苦头，好在他有一个善解人意的妻子，而且他们正满怀憧憬地等待这个家庭新成员的到来。然而就在艰苦生活即将迎来一线希望的时候，灾难突如其来，深夜怀孕的妻子被剧烈的疼痛惊醒，萨迪克手忙脚乱地呼叫救护车，可是没有人应答。他们好不容易到了大街上，没想到街上空无一人，连一辆出租车都没有。走投无路之中，妻子倒在路边的草坪上，萨迪克硬着头皮为她接生。一直到数个小时之后天才终于放亮，一辆军车停在他们身边，下来一名荷枪实弹的士兵走过来查问，满身是血的萨迪克精疲力竭地倒在草坪上，怀里抱着一个孩子，他的妻子已经死了，他无法理解到底发生了什么。

萨迪克被捕入狱。亲戚们从老家一个一个赶来，孩子被寄养在别人家里。当萨迪克出狱之后，小家伙已经欢蹦乱跳能说会道了，父子俩相依为命。平静的日子过了一段时间，萨迪克突然向儿子达尼斯宣布，我们要离开伊斯坦布尔，回到伊兹密尔的乡下老家去。

不明所以的达尼斯稀里糊涂跟着父亲踏上了开往老家的列车，从此开始了他的人生旅途中的第一段冒险旅程。

小达尼斯是一个酷爱读书的孩子，特别爱幻想，也许是幼年时期缺少父母的陪伴，他总是独自沉浸在想象的童话世界里，脑子里充满了各种各样稀奇古怪的念头。到了乡下，在家门口看见一大群人赶着车回来，他把他们想象成骑马飞奔的侠客。

和伊斯坦布尔大城市里父子两个相依为命的寂寞生活不一样，小达尼斯在乡下的爷爷奶奶家是一个热热闹闹的大家庭。虽然爷爷一言不发，对他们不理不睬，像是个不好对付的倔老头，但是奶奶可是一个古灵精怪、活力四射的超级可爱的老太太。在她的带领下，整个家里热情洋溢、生机勃勃。奶奶对新鲜事物充满好奇，没事儿在家老对着窗户玩呼叫器：庄稼一号呼叫庄稼二号。庄稼二号其实就是萨迪克的哥哥,达尼斯的大伯父。大伯父家里也有一大家子人,大伯父萨利姆憨态可掬,爱动感情,他的妻子其貌不扬,不过充满爱心,他们还有一对儿女,恰好都跟小达尼斯年龄差不多。同一个村子不远的地方还住着奶奶的亲妹妹,这个独居的老太太穿着时髦,爱享受,虽然跟爷爷见了面就斗嘴,可还是常来常往。

自家小院里种满了花儿,养着鸡鸭,圈着马,吃晚饭的时候十来口子聚在一张大餐桌边,每个人都叽叽喳喳说个不停。平日里奶奶开着拖拉机下地干活,休息的日子奶奶会带着一大家子人去自家的葡萄园野餐。伊兹密尔的老家温馨祥和,亲切热闹,是那种能闻到稻草芳香,听得见布谷鸟叫声的乡居生活。浓浓的亲情和淡淡的乡愁,仿佛时间也停滞了,空气中弥漫着"走在乡间小路上"的浪漫田园气息。

《我的父亲,我的儿子》讲的是祖孙三代的情感故事。萨迪克和达尼斯父子俩是叙事线索,串联起萨迪克和他的父亲,达尼斯和他的爷爷的情感联系。传统和现代,未来与当下的关系在故事中徐徐展开。

在回老家的路上他们转换了不同的交通工具,从火车到拖拉机到马车,达尼斯一直默念着父亲给他立的规矩:"回家以后不要随便问问题，就算你和爷爷吵架也不用担心，因为爷爷本来就有点怪。家里很拥挤，大家都是一家人，但是个人有个人的问题。我也不能向我的伯伯问问题，虽然你们是兄弟。他看事情比较迟钝，虽然他是个了不起的人。还有我不能和小朋友打架，也不能管爷爷叫爷爷，除非他喜欢我。一开始他可能会讨厌我，我不能难过。"

这是观众和达尼斯对这个家庭的第一印象，后来我们才发现这与实际情况相距甚远，这其实是离家多年的萨迪克自己当初对家庭的认识。经历了人生的一系列挫折和变故之后他的内心深处已经发生了微妙的变化，他下决心带孩子回家也印证了这一点。无论如何，当初他奋力抗争并成功逃离的那个家庭，在人生最重要的选择中还是成了他最终的归宿。

观众自然会对父子之间的矛盾产生强烈的好奇，影片不动声色地透过父亲的回忆还原了多年前的一场冲突。

萨迪克：你什么都看不见，你不知道这个世界正在发生什么。你是你自己财产的"奴隶"。

父亲：我才不是"奴隶"！

萨迪克：当然了，你是伟大的。对不对？

父亲：放肆！这些"奴隶"都是你的家人，他们个个都有社会保险，我们从来没有对不起他们，他们也没有像你那样忘恩负义！你有没有意识到正是这些财产让你有机会到伊斯坦布尔学习？

萨迪克：我不要你的钱。

父亲：你会要的。你要学习农业然后管理这个农场，你以为我这么辛苦工作是为了谁？

这个场景跟那部反映土耳其和希腊关系的电影《秋天的童话》里描写的父子对峙的情节何其相似。当得知儿子贝赫切特卷入政治漩涡时，他那个在乡下当地主的老父亲专程从老家赶来试图劝阻，想要把他带回家去，然而劝阻无效，老头儿感慨道："你做着你的梦，你有一个儿子，你把自己的全部寄托给他，只是你的梦想和他不同。"贝赫切特对父亲的抒情不置可否。老头儿再一次哀求："我把我整个世界给了你……"贝赫切特依然无动于衷，他干脆地扔下一句话扭身就走："我不再想要你的世界了。"

老爸爸在身后绝望地哀嚎："没有别的世界！没有别的世界！"

父子间的冲突来自于思想意识和价值观念的尖锐对立。贝赫切特跟萨迪克一样，都是被他们后来认为不合时宜的父亲供养着接受了高等教育，跻身知识分子行列，有机会了解和参与国家的政治生活并希望通过自己的努力改变现状。然而父亲们的初衷也都是一样的，就像萨迪克的父亲说的："我送他到伊斯坦布尔念农业以便将来回来管理农庄，谁知道他成了一个无政府主义的记者。"

现实最终还是站在了父亲一边。就像贝赫切特父亲那声凄厉绝望的哀嚎："没有别的世界。"现实远比满怀抱负、斗志昂扬的年轻人想象得复杂和残酷得多。且不论当初的政治抱负如何，贝赫切特和萨迪克连自己心爱的女人都无法保护。更有甚者，他们都眼睁睁看着心爱的女人死在自己怀里而无能为力。《秋天的童话》整个故事结束在贝赫切特抱着死去女友呆坐在街头这个场景，而《我的父亲，我的儿子》中，萨迪克看着妻子在街头难产而死是故事情节开始的一个引子。我们无从知道贝赫切特未来的道路会怎样选择，《秋天的童话》只是展现了现实和理想之间的巨大反差和年轻知识分子的天真和绝望，《我的父亲，我的儿子》则立场鲜明地为他们指出了未来的出路，那也是他们唯一的选择。

电影透过萨迪克和老家的发小们在海边聚会时，跟当年一个志同道合的伙伴之间的一段对话交代了他多年来的心路历程。

萨迪克：故乡，家乡，家，最近我不断改变对这些词的理解。我以前一直以为我在为这个国家而战斗。

朋友：我们曾经一起梦想过离开这里，记得吗？你成功了，而我没有。我想问你的是，至少你是试过的。作为一个不敢尝试的人，你认为我真的错过了很多吗？我这么问是因为好奇没有别的意思。在经历了这么多以后，如果让你再选择一次，你会走还是会留？

萨迪克：我不知道。我猜我会把这里的全都带走，把那里的全都带回来。你知道最难的是什么吗？是中间状态。走也不能，留也不能。

正是这段交谈让萨迪克有勇气去面对父亲，其实更主要是面对他自己。他借着酒劲儿要求妈妈把儿子带到哥哥家，自己做好了和父亲吵架的思想准备。

不过并没有发生争吵，在父子间第二次交谈中，萨迪克暴露出强烈的思想矛盾，尽管他心里也许并没有意识到，尽管依然还有埋怨还有逆反，但实际上他已经和父亲达成了和解。

　　萨迪克:爸爸,你送我去学农业,连选择的余地也没有,让我做工程师管理农庄。待在这里,和别尔格结婚,我的学校、我的生活全都由你决定! 你知不知道我讨厌这样,爸爸!

　　父亲:你在骂我自私吗? 你好像提到了,你离开了以后有没有想过别尔格。你走之后她的眼泪一直都没停过,你还说我自私? 省省吧!

　　萨迪克:爸爸,你说我离开了家,其实我没有——我走不了,我也待不下去。我认不出哪里是我的家。事实上你一直在我脑子里某个地方引导我。我们吵架时的话,还有我们之间的事。你知道无家可归是怎样的感受? 无论如何事情是越来越糟糕了。我老婆死了。那些叫我小资的革命同志替我找了一份工作,在资本家办的报社的广告部。他们可怜我,就像丢骨头给狗吃,好净化他们自己、净化他们的灵魂……我离题了。我刚才在说家。你知道我为什么回来吗? 为了给达尼斯一个房间。让他健康地成长,让他有个家。他实在无处可去……

　　父亲:你现在明白了,养孩子的感受很难,是不是? 力不从心了,是不是? 你知道养孩子的感受了吧!

　　萨迪克:是啊,知道了。但是连孩子也养不大的那种感受,你知道吗？生活会继续,有人会写新书,可是你读不到;有人会拍新电影,可是你看不到;你想再听一次你喜欢的音乐,可是你办不到。要习惯或许也很容易。他慢慢长大你却不在他身边,他交了女朋友你看不到。爸爸,我的心好像在燃烧,那是身后有未完之事的灼烧感。最近,达尼斯一抱我我就努力把他推开,我尽量离开他远远的。看到自己给他带来的痛苦我又痛恨我自己！给他一个房间。爸爸,给他一个家,让他来去自由。我有太多的事情想要告诉他。你告诉他吧,告诉他……

话没说完萨迪克就倒下了,天昏地暗。此时观众和父亲同时了解到萨迪克带儿子回家的真正原因。走到生命尽头时,在这个世界上真正能够带给他安全感的还是这个曾经急于摆脱的家,到了人生紧要关头最孤苦无助走投无路的时候,让他最可信赖唯一能指望得上的也只有那个曾经并不认同的父亲。

和今天众多土耳其电影中表现的一样,父亲形象依然高大。无论何时,他都是那个为全家撑起一片绿荫的大树,他是灵魂、支柱、主心骨。这是父亲的力量,也是传统的力量。

在得知萨迪克身患绝症之后,他的父亲立即化悲痛为行动。先是将真相告知全家做好住院准备,自己和萨迪克的母亲轮番守护,紧接着又从伊斯坦布尔接来了在萨迪克最困难时帮他带过孩子的老保姆来安慰小达尼斯,还亲自去找萨迪克的初恋女友别尔格,央求她去和萨迪克做最后的道别。

他了解儿子的一切,默默为他解除后顾之忧。他的承担和隐忍一以贯之,他看上去不苟言笑,内心充满慈爱,是传统意义上的慈父形象。

虽然影片一开始讲的是萨迪克怎么当上父亲的,然而在整部电影的行进过程中我们都很少看到他显示出作为一个父亲的力量。包括他的哥哥萨利姆虽然有两个孩子,自己却还是一副思维简单、感情用事、充满孩子气的模样。真正的父亲只有一个,他托起了这个家庭。

电影在萨迪克去世之后迎来第一场情绪高潮,一家人送别了亲人之后回来,快到家门口时,始终淡定沉默寡言的父亲突然停住了脚步,他站在那里,眼前似乎是重新出现了当年儿子从家里出走的情形:"如果那个时候我像这样站在这里,如果那个时候我像这样张开手臂,如果那个时候,我拦住了他,如果我让他不要走……十五年前,如果我像这样站在这里,努兰,如果我拦住萨迪克,如果当时我能拦住他……"这个坚强的父亲当众号啕大哭,一边哭一边自责,喋喋不休,"如果我把我的儿子拦下来……"他用双臂抱住自己,像是着了魔的样子,"想想看,如果我拦住了他,他就会留下来了。但愿我那个时候什么也没说,但愿我闭住了嘴巴,是我害死他的呀!"他颤抖起来,撕开自己的上衣,赤裸着上身。"萨迪克!"他忽然之间躺倒在地,"是我没有拦住他!"

此时此刻做父亲的才终于爆发,他揭开了自己的伤疤,也是全家人的隐痛,他发出绝望和痛苦的哀号,观众也忍不住对他寄予无限的同情。

"不要这样。马上给我振作起来!"当全家人都对此情景目瞪口呆束手无策时,最先冷静下来的是姨妈,她叫着父亲的名字,让他把手臂抬起来,做出阻拦的姿势。接着下来她又跑过去命令哥哥萨利姆:"向你爸爸跑过去,如果你不这么做,你爸爸这辈子都不会正常了。"

萨利姆虽然不明所以,但还是按照姨妈吩咐的那样,喊着:"爸爸,我来了!爸爸,快让开啊!"拼尽全力冲了过去,这个高大健壮的汉子猛地把他的爸爸扑倒在地,直到此时萨迪克的父亲才终于清醒过来。

"看到了吗?一个人如果决心要走,是谁也拦不住的!"

姨妈的话满含深意,气氛逐渐恢复平静。只有萨利姆一个人还在朝前使劲儿奔跑，眼看着就要冲向大河，他的妻子尖叫着追了过去。这里有传统故事片的叙事节奏，恰到好处地出现了喜剧色彩，大胆有效，给人安慰更引人深思。

从这里开始小达尼斯将要面对的处境跟《蜂蜜》里的那个让人心疼的优素福一样，幼年丧父无疑是人生最大的悲剧。不过小达尼斯比优素福幸运的是，他还有爷爷奶奶撑起的一个相亲相爱的大家庭。特别是爷爷自动替代了父亲的角色，从某种角度来说，为他填补了生命中的空缺，这也就是为什么我们认为萨迪克的父亲是影片当中那个唯一真正意义上的父亲。

达尼斯跟爷爷的交流从始至终没有任何负担。尽管在回老家的路上他被告知爷爷是个不好打交道的人，但是真的见到爷爷他一点儿也不害怕。爷爷干活的时候他主动跑过去询问钉马掌的事，爷爷立刻把他抱在怀里一五一十地耐心讲给他听；得知小达尼斯喜欢看书，爷爷又一个人跑到镇上书店给他买了很多漫画书；吃晚饭的时候把达尼斯放在自己膝头，让他念书。斑驳的树影映在灰白色的墙面上摇摇晃晃，月光很柔和，祖孙俩在餐桌边依偎在一起，秋虫低吟，万籁俱寂，一片祥和的家的氛围。

在父亲去世之后，达尼斯沉浸在独自一人的忧伤里。他不哭也不闹，不向任何人流露自己的感情，他把自己和外界隔绝开，沉浸在无人能了解的小世界里。家人都很担心他会产生心理问题。一直到小学的入学仪式那天，全家人把他和他的表兄妹们打扮得体体面面，一起拍了照，又一起送他们去上学。刚一出家门他就停了下来，扔下书包，一屁股坐在地上。所有的委屈终于发泄出来，他说什么也不肯去学校。爷爷奶奶安慰他，伯伯和婶婶也都很同情他，表兄妹也不去上学了，爷爷突然灵机一动："跟我来吧，我让你去见你的爸爸。"

达尼斯终于有机会走进院子里那个神秘的"密室"，在此之前爷爷从来不让任何人进去。奶奶心领神会，向大家解释说，早年间他们有一个邻居在德国工作，爷爷让邻居给他们捎来了一部放映机和一部摄影机。爷爷充当摄影师，为家庭留下了珍贵的影像资料。

当密室开放的时候，原来是真正的天堂电影院。

家庭录影带里，和小达尼斯一样大的萨迪克和萨利姆兄弟俩在多年以前的葡萄园里开心地玩耍，像所有那个年纪的淘气男孩一样，他们在镜头前做鬼脸儿，年轻漂亮的奶奶和打扮时髦的姨婆走在他们身边，没有声音，但看得见所有人脸上开心的笑容。

看见爸爸的样子，达尼斯终于露出了笑脸，奶奶疼惜地哭了，爷爷把摄影机交到他手上，鼓励他可以去拍电影。

电影放映结束。孩子从梦中醒来。院子里空无一人，他拿起摄影机走来走去。

忽然间，在摄像机的镜头里出现了爸爸的身影。他穿着白裤子，微笑着向他走来，一把抱起了他。达尼斯半是欣喜半是疑惑，好像真的和奶奶说的一样，爸爸一直在关注着他，连他穿校服的样子都看见了。

达尼斯：爸爸，我是在做梦吗？

萨迪克：不知道，就算是做梦也是美梦。

达尼斯：我以后是不是再也见不到你了？

萨迪克：你要是想见我就会见到，只不过那些梦也许不会像现在这么真实了。那时候你会知道一切只是你头脑里的想象。不过你的梦也有可能比现在更美好，你可以随心所欲地导演那些梦，你可以把梦变为现实。

达尼斯：要是长大了就见不到你了，我希望永远做小孩。

萨迪克：你没有选择，你必须长大。等你长大以后就不需要我了。

雷声响起来。萨迪克：要下雨了，快进屋去。

达尼斯：你会淋湿吗？

萨迪克：我不会淋湿的。知道你有了一个家，我会永远快乐的……我们不如玩个游戏吧。用你的摄像机拍我走路的样子。

达尼斯：可是里面没有胶卷。

萨迪克：里面有胶卷，是我放进去的，拍我吧。

说着话萨迪克走了，像来的时候一样朝大门口走去。挥手微笑。红色大门关上了。萨迪克的身影消失了。

达尼斯举着摄像机，画外音响起他的内心独白："达尼斯说再见的时候默默向爸爸许下了诺言，他会长大，而且再也不哭了。因为他的爸爸虽然不会飞，但他确实是个超级英雄。达尼斯让他的超级英雄离开了，因为有新的冒险在等着他。这些美好的故事应该讲给大家听。"

雨越下越大。达尼斯的镜头里出现了爷爷和奶奶，他们从大门外打着伞跑进院子，把达尼斯抱进房间。音乐起电影结束。

《我的父亲，我的儿子》从达尼斯的出生开始，出生即遭遇母亲去世，故事结束于父亲离开，孩子成长。这个结尾某种程度上接续了观众对电影《蜂蜜》的期待,达尼斯比优素福幸运的地方不仅是他还有爷爷奶奶一大家子人,更重要的是他在梦中和父亲重逢,他们共同探讨了关于成长的话题,而《蜂蜜》中优素福孤单一人躺在寂静的密林深处沉入梦乡,观众没有机会进入他的梦境了解他的内心世界了。他的成长注定是有缺失的。

相比起来《我的父亲,我的儿子》讲述了一个完整和传统的故事,或者说讲故事的方式比较传统,看上去这个故事是关于一个男孩成长的,但实际上我们应该可以从中读到更多的内容。电影的结尾是一个神来之笔,原本在天堂电影院一家人观看从前的家庭录影,特别是在影像中重温逝去的生活,和故去的亲人重逢这个情节已经达到第二次情绪高潮了,如果说父亲在萨迪克去世之后陷入深深的自责几近疯狂那个场景令人感慨万千的话,那么这个情节毫无疑问将观众的情感和电影中的人物完全地融为一体。到此为止似乎已经可以画上一个圆满的句号了,所以当达尼斯举着摄影机重新出现在院子里时,我们会感到一重惊喜,答案总是在最后揭晓。虽然摄影机这样的形式有些略显老套,不过在经过层层铺垫之后,让父子两人在摄影机的镜头后重逢的确是令人感动的大胆设计。

在这里摄影机的功能跟此前达尼斯总是沉浸在幻想中这

个细节特征相呼应,爷爷交给达尼斯的这个摄影机不是一般的道具,它实际是视觉的拓展、想象力的延伸。摄影机凭借可以上天入地、远近驰骋和由表及里的灵活性,不仅可以收集人们的活动素材,就像电影中爷爷当年拍摄的家庭影像那样,而且能够从蓝本、片段和符号的总和中创造出一个影像世界,一幅连贯的图景。从某种意义上看,对耽于幻想的达尼斯来说,这也是一种进阶,从观看漫画书到手持摄像机面对未知的世界,意味着洞察幽微,意味着深入理解,力求洞悉更远的真实,解释过去,预言未来。摄影机带来的意义激励我们去思考文化中神秘而丰富的涵义。

我们在土耳其电影中总是能感受到它的文化的神秘和与众不同之处。很多影片中都有癫痫病的患者,《蜂蜜》里优素福的父亲,《鸡蛋》里的优素福都有癫痫发作的情节,《羊群》里骄傲的豪穆尔的三个儿子里有一个儿子也患有严重的癫痫,随时都会倒地发作。这种毫无征兆的发病总会营造一种原始的神秘的氛围。

在他们的电影中,儿童也让人感到神秘。首先要说明儿童演员真的很出色,他们的台词和动作都不多,但是却能以纯真的表演带给人无限丰富的想象。就像匈牙利学者伊芙特·皮洛在《世俗神话——电影的野性思维》里所表达的观点："艺术的表现、幼儿的表达和巫术的表示几乎都是神秘的,它们有一个共同点:具体性和抽象性、直接性和间接性通过最纷扰的形式聚集在人类的这些反应中。它们超越理性,生成意义,千变万化。它们从直觉和暗示,从寓于理性又环绕理性的'超凡'现象中得到解释。因为我们的感觉不仅朝理念方向延伸,而且向情感方面拓展,以获得经验性的认同。这种拓展通过唤起以往的实际体验复现往事,于是我们被一种特殊的魔力震撼,我们被带出直接的现在,我们同时体验到过去、现在和可能的将来的运动。生动的事件在我们眼前展现,它们不仅是往事的蒸馏,而且是更强烈更丰富的追忆。"

《我的父亲,我的儿子》里祖孙三代可以说就代表了过去、现在和将来。无论是从时间还是从价值观念来看,萨迪克象征现在,父亲代表传统,儿子预示将来。看过电影之后再回过头来思考这个题目更能体会其中的深意。片名中忽略了萨迪克本人,故事即将结束时萨迪克离开,影片的结局是父亲代替萨迪克抚养儿子,从某种角度可以理解为影片试图表达的是现在与传统和解,未来回归传统的主题观念。

值得一提的是,"我的儿子"达尼斯的幻想不动声色地透露了影片所要传递的一个重要讯息。那是萨迪克跟父亲坦白自己回家的真实原因的那个夜晚,他让母亲带走小达尼斯。达尼斯在睡梦中被叫醒放在拖拉机的车斗里,暗蓝色的乡下夜晚,寂静的乡间小路都让达尼斯产生了幻觉。电影逼真地呈现出他们穿着奥斯曼帝国时代的服装走在路上,周围到处都是帝国士兵,"他们都是独立战争中的大英雄",达尼斯喃喃自语。我们看到孩子在梦境中穿越,从土耳其的现在走入奥斯曼帝国的辉煌过去,这段旅程将对未来的达尼斯产生怎样的影响,长大成人之后,他会按照父亲来时的路,逃离家乡,回到伊斯坦布尔,还是按照爷爷当年的安排,留在家乡,回归传统,是这部电影留给我们最大的悬念。

　　过去,现在和未来,不仅是时空的穿越,更重要的是方向和道路的选择。

东方和西方的问题是
关于财富、贫穷与和平的问题

外部世界的人恐怕很难想象土耳其人所走过的心路历程和由此造成的民族心理。电影和文学是一条道路，带领我们进入他们的内心世界，感受他们的喜怒哀乐、百感交集。从我们之前介绍的那些涉及父子关系的土耳其电影中，能看到对于社会变化的深刻思考，当然电影有时候更像是一种抽象的隐喻，强调细节和清晰的视觉形象，更为详尽丰富和全景式的展现来自作家的记录。

东方还是西方，世俗化还是回归传统，现代土耳其还是奥斯曼帝国，这些选择的背后蕴含着更为深刻和丰富的社会历史内涵及现实意义。就像帕慕克说的那样："当我看到它在部分西方媒体中的含义时，我倾向于认为还是根本不要谈论这个东方和西方的问题为妙。因为许多时候它都带有这样一个假设，即东方国家应该重视美国等西方国家所碰巧建议的一切。而且他们期望，像我这样的作家存在，可以为这些问题提供答案。当然存在着东方和西方这样的问题，东方和西方的问题是关于财富、贫穷与和平的问题。"

图书在版编目（CIP）数据

现代、传统与未来发展：关于土耳其与外籍土耳其
人的电影之旅／沙蕙著．-- 武汉：崇文书局，2023.6
ISBN 978-7-5403-7281-1

Ⅰ．①现… Ⅱ．①沙… Ⅲ．①随笔－作品集－中国－
当代 Ⅳ．① I267.1

中国国家版本馆 CIP 数据核字（2023）第 107092 号

责任编辑：黄　玮
责任校对：董　颖
责任印刷：李佳超

**现代、传统与未来发展：关于土耳其与外籍
土耳其人的电影之旅**

出版发行：长江出版传媒 ｜ 崇 文 书 局
地　　址：武汉市雄楚大街 268 号 C 座 11 层
电　　话：(027)87677133　　邮政编码：430070
印　　刷：武汉市金港彩印有限公司
开　　本：880mm×1230mm　　1/32
印　　张：5
字　　数：80 千
版　　次：2023 年 6 月第 1 版
印　　次：2023 年 6 月第 1 次印刷
定　　价：22.00 元
（如发现印装质量问题，影响阅读，由本社负责调换）